L'INVENTION
DE HUGO
CABRET

L'INVENTION DE HUGO CABRET

Roman en mots et en images

de Brian Selznick

Traduit de l'anglais (États-Unis)

par Danièle Laruelle

BAYARD JEUNESSE

Illustration de la jaquette : Brian Selznick et David Saylor

Ouvrage publié originellement par Scholastic Inc.,
557 Broadway, New York, NY 10012, USA
sous le titre :
The Invention of Hugo Cabret
© 2007, Brian Selznick

Pour la traduction française
© 2011, Bayard Éditions
18, rue Barbès, 92128 Montrouge
ISBN : 978-2-7470-3886-7
Dépôt légal : novembre 2011

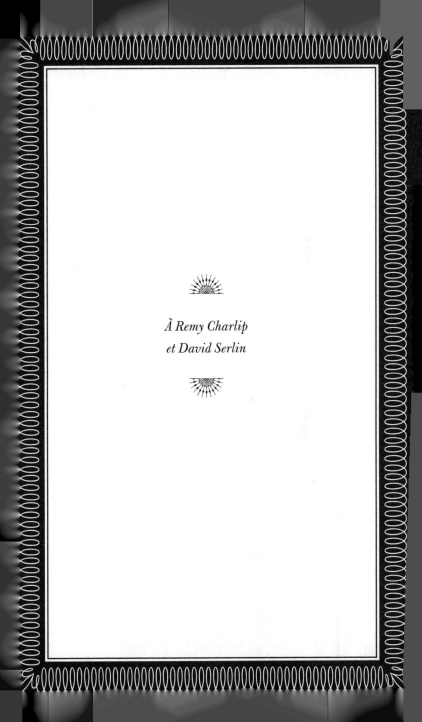

À Remy Charlip
et David Serlin

SOMMAIRE

BRÈVE INTRODUCTION

L'HISTOIRE QUE JE VAIS VOUS CONTER se déroule sous les toits de Paris en 1931. Vous y ferez la connaissance d'Hugo Cabret, un garçon qui, un jour, découvrit un mystérieux dessin. Ce dessin allait changer à jamais le cours de sa vie.

Ne tournez pas la page trop vite ! Imaginez d'abord que vous êtes assis dans le noir, comme au cinéma avant le début d'un film. Sur l'écran, le soleil se lèvera bientôt, et un zoom vous emmènera à travers le ciel jusqu'à une gare située au cœur de la ville. Vous franchirez les portes pour survoler le hall grouillant de monde, et là, parmi la foule, vous apercevrez un garçon qui se déplace dans la gare. Suivez-le bien, car c'est Hugo Cabret. La tête pleine de secrets, il attend que l'histoire commence.

— Professeur H. Alcofrisbas

PREMIÈRE
PARTIE

1

Le voleur

thief

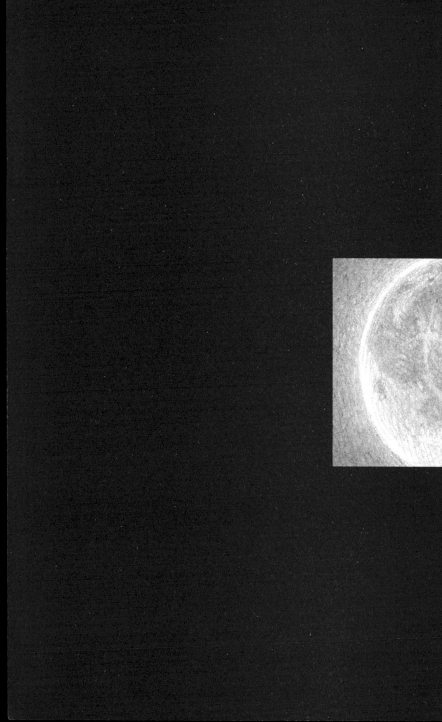

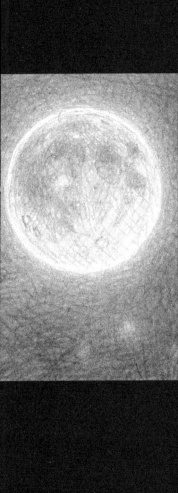

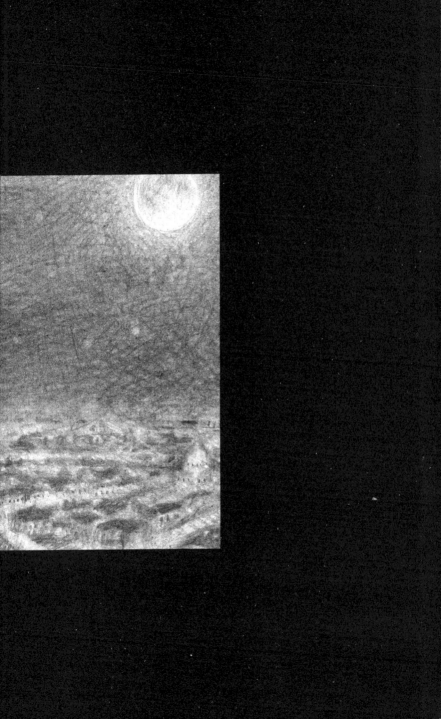

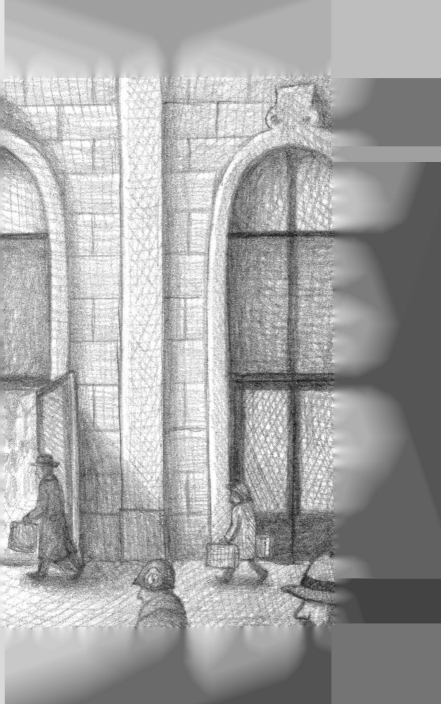

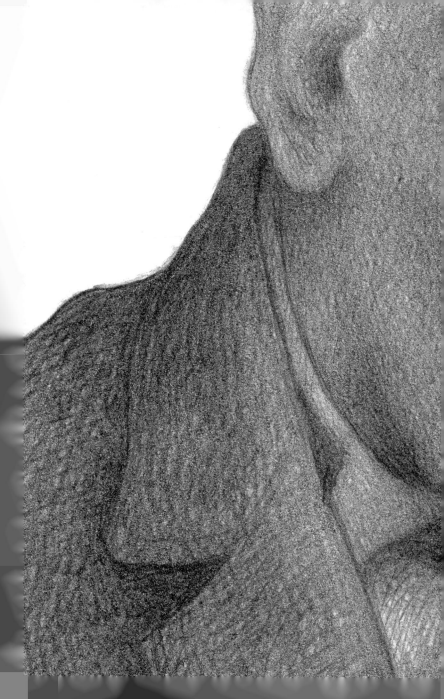

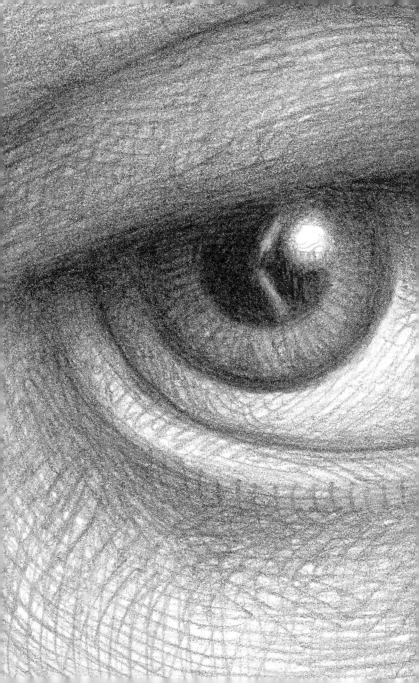

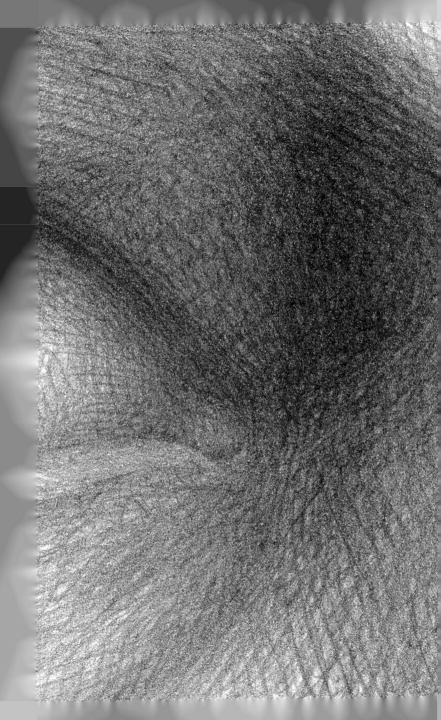

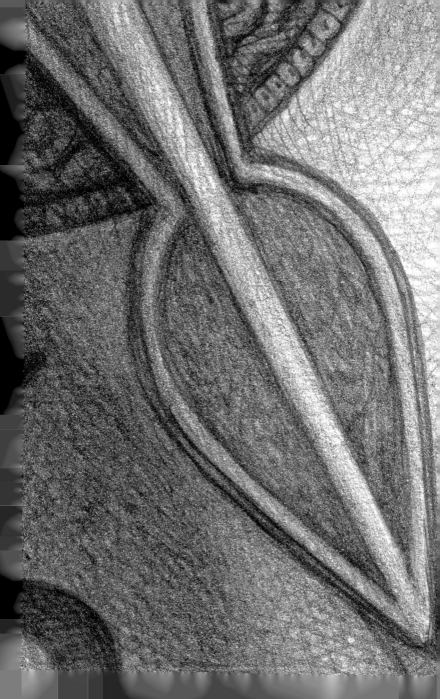

DE SON PERCHOIR DERRIÈRE L'HORLOGE, Hugo domine tout et observe. Il caresse nerveusement le petit carnet qu'il a dans sa poche et s'encourage à la patience.

Dans le kiosque à jouets, le vieux se dispute avec la fille. Elle a à peu près l'âge d'Hugo ; il la voit souvent entrer dans la petite échoppe avec un livre sous le bras et disparaître derrière le comptoir.

s'apercevoir : become aware of.

paraître
apears

Le vieillard paraît agité aujourd'hui. S'est-il aperçu
his   Too bad
qu'il lui manque des jouets ? Tant pis. C'est trop tard,

personne n'y peut rien. Nobody can do anything

Hugo a besoin de ces jouets.

Le vieux et la fille se disputent un moment encore.
Finally
Enfin, elle ferme son livre et part en courant.

manquer à : To be missed by

Par chance, le vieux marchand de jouets croise bien-

tôt les bras devant lui et ferme les yeux.

Rampant à travers les murs, Hugo sort par une

bouche d'aération puis se hâte de gagner le kiosque.

Le cœur battant, il caresse le carnet une dernière fois,

et il pose la main avec précaution sur le jouet mécanique

qu'il convoite.

Il y a un mouvement soudain dans la boutique. Le

vieillard somnolent s'éveille en sursaut et agrippe le bras

d'Hugo sans lui laisser le temps de s'enfuir.

La petite souris bleue à remontoir qu'il a prise sur

l'étalage lui échappe, glisse le long du comptoir et tombe

avec un bruit sec.

– Au voleur ! Au voleur ! s'écrie le vieux dans la galerie

déserte. Qu'on appelle l'inspecteur de sécurité !

À la seule mention de l'inspecteur, la panique s'em-

pare d'Hugo. Il se débat, tire pour se dégager, mais

l'adversaire ne lâche pas.

– Cette fois, je te tiens ! Et maintenant vide tes

poches !

Hugo gronde comme un chien, furieux de s'être laissé

prendre.

Le marchand serre plus fort. Hugo se démène si bien

qu'il est presque sur la pointe des pieds.

– Vous me faites mal !

– Vide tes poches !

À regret, Hugo sort des douzaines d'objets les uns après les autres : des vis, des clous, des morceaux de métal, des rouages, des cartes à jouer froissées, de minuscules mécanismes d'horlogerie, des ressorts et des roues dentées, une boîte d'allumettes écrasée et des bouts de chandelles.

– Tu as encore une poche à vider, dit le vieux.

– Il n'y a rien dedans.

– Alors, retourne-la.

– Je n'ai rien qui vous appartienne. Lâchez-moi !

– Où est l'inspecteur de sécurité ? hurle de nouveau le vieillard. Pourquoi n'est-il jamais là quand on a besoin de lui ?

Si l'inspecteur de sécurité de la gare apparaît au fond de la galerie dans son uniforme vert, tout est perdu pour Hugo. L'enfant se débat – hélas, sans résultat. Enfin, d'une main tremblante, il ôte de sa poche le petit carnet écorné. Le carton de la couverture, si souvent caressé, en est comme lustré.

Sans desserrer sa prise, le vieux marchand de jouets se saisit du carnet, le pose hors de portée d'Hugo, l'ouvre et le feuillette. Une page retient son attention.

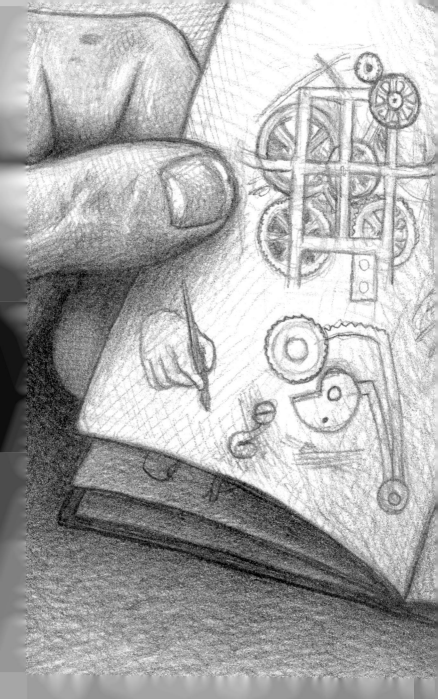

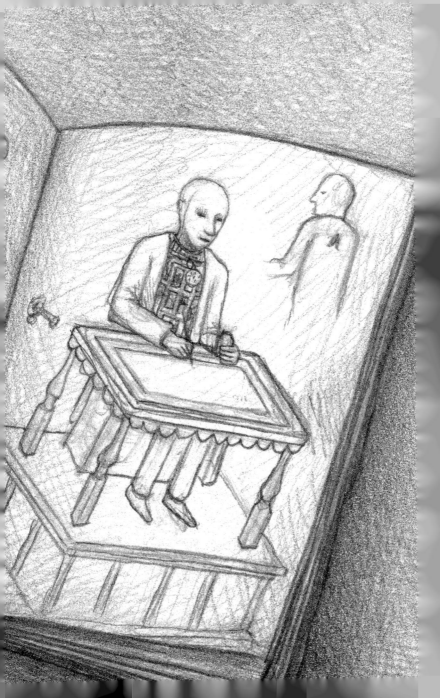

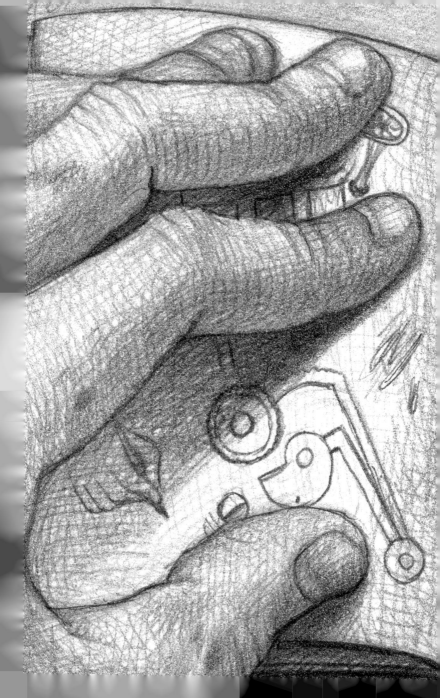

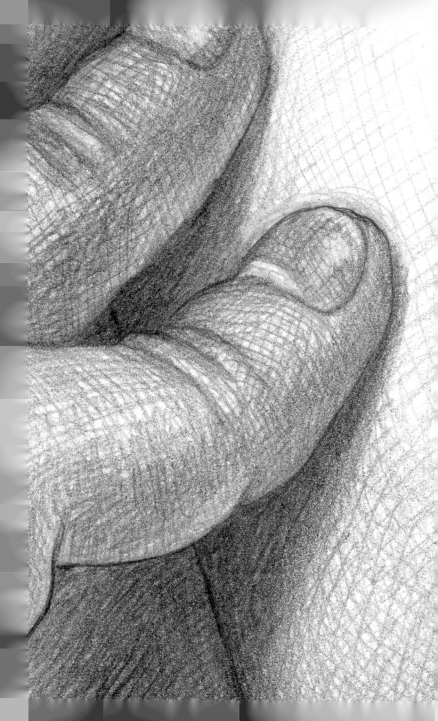

– Rendez-moi ça ! C'est à moi ! proteste Hugo.

– Les fantômes… Je savais bien qu'ils me retrouveraient un jour, marmonne le vieux pour lui-même.

Il referme le carnet. L'expression de ses traits passe rapidement de la peur à la tristesse, puis à la colère.

– Qui es-tu, gamin ? C'est toi qui as fait ces dessins ?

Hugo ne répond pas.

– Je t'ai posé une question. As-tu fait ces dessins, oui ou non ?

Hugo gronde et crache par terre.

– À qui as-tu volé ce carnet ?

– Je ne l'ai pas volé.

Avec un grognement, le marchand de jouets repousse le garçon et le relâche enfin.

– Alors, fiche-moi la paix. Et que je ne te voie plus traîner autour de mon kiosque.

Hugo se masse le bras et recule d'un pas, écrasant par mégarde la souris mécanique qu'il a laissée choir.

Le vieillard frissonne en entendant craquer le jouet qui se brise.

Hugo ramasse les morceaux, les dépose sur le comptoir.

– Je ne partirai pas sans mon carnet.

– Ce n'est plus ton carnet, c'est le mien, et j'en ferai ce que bon me semble.

Il agite la boîte d'allumettes d'Hugo, puis ajoute :

– Qui sait ? Je le brûlerai peut-être.

– Non !

Le vieux marchand rassemble le contenu des poches d'Hugo dans un mouchoir, dont il attache les coins, et recouvre le paquet de sa main.

– En ce cas, parle-moi des dessins. Qui les a faits ?

Hugo demeure silencieux.

Le vieillard abat le poing sur le comptoir, si fort que tous les jouets tremblent.

– Va-t'en, misérable petit voleur !

– C'est vous, le voleur ! s'écrie Hugo en prenant ses jambes à son cou.

Le vieux hurle quelque chose dans son dos, mais le garçon n'entend plus que le claquement de ses chaussures dont les murs de la gare lui renvoient l'écho.

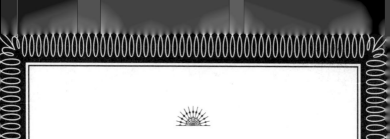

2

Les horloges

HUGO COURT LE LONG DE LA GALERIE et disparaît dans le mur par la bouche d'aération. Là, il s'arrête un moment. L'air est frais, humide. Quelques faibles ampoules éclairent un peu les passages obscurs.

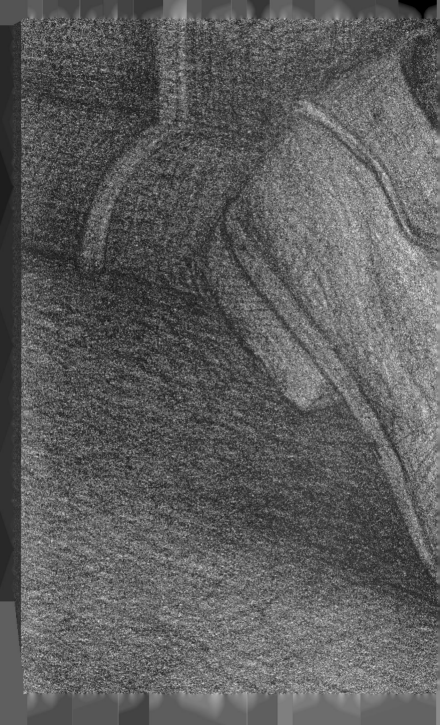

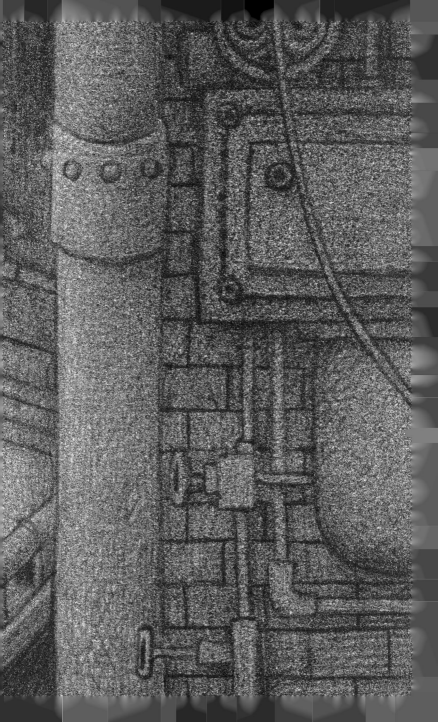

Hugo ouvre la porte et entre.

Au-dessus de la salle des pas perdus, il y a des appartements ignorés du public. Aménagés autrefois pour ceux qui dirigeaient la gare, ils sont à l'abandon depuis des années, à l'exception d'un seul.

Un pâle soleil filtre par la lucarne sale. Hugo regarde les rangées de bocaux remplis de jouets démontés – tous ceux qu'il a volés au kiosque ces derniers mois. Les bocaux s'alignent sur des étagères faites de planches récupérées dans les passages de service de la gare. Sous son lit bancal, ses dessins s'entassent. Son jeu de cartes trône sur une malle poussiéreuse au centre de la pièce. Près de la malle, sur une petite table, il y a une pile d'enveloppes contenant la paie de son oncle – des chèques non encaissés qui s'accumulent là, semaine après semaine.

Hugo s'essuie les yeux. Il enfourne des allumettes et des bougies dans ses poches, prend son seau à outils et part au travail.

Selon son habitude, il se dirige d'abord vers les grandes horloges en verre du toit, les plus difficiles d'accès. On dirait d'immenses fenêtres rondes avec vue sur la ville, l'une au nord, l'autre au sud. Pour les atteindre, il faut monter un long escalier sombre et se glisser par une ouverture dans le plafond jusqu'au sommet d'une échelle. Dans la journée, la vive lumière qui entre à flots par les vitres lui pique les yeux pendant quelques instants. Ces horloges ont les moteurs et les engrenages les plus gros de la gare. Hugo craint toujours de se prendre la main dedans.

Suspendus à des cordes dans un coin du local, d'énormes poids régulent le mouvement des horloges. Sortant la montre de son oncle – une montre de cheminot qu'il range avec ses outils et remonte religieusement chaque matin – Hugo vérifie si elles sont à l'heure. Il en inspecte le mécanisme avec soin, met quelques gouttes de lubrifiant dans les rouages avec sa burette d'huile. La tête inclinée de côté, il écoute le tic-tac de chaque horloge pour s'assurer du bon fonctionnement de la machine.

Sa tâche terminée, Hugo descend l'échelle, puis le long escalier. De retour dans les couloirs de service obscurs, il passe en revue les horloges de la gare. Celles-ci, en laiton, peuvent être entretenues depuis les passages.

Afin d'y voir plus clair, il allume des bougies et commence sa ronde par l'horloge qui se trouve au-dessus des guichets. Comme toutes les autres, elle est régulée par des poids, plus petits, qui disparaissent sous le plancher.

Il fixe une manivelle à l'arrière de l'horloge et, de toutes ses forces, la tourne jusqu'à ce qu'elle se bloque.

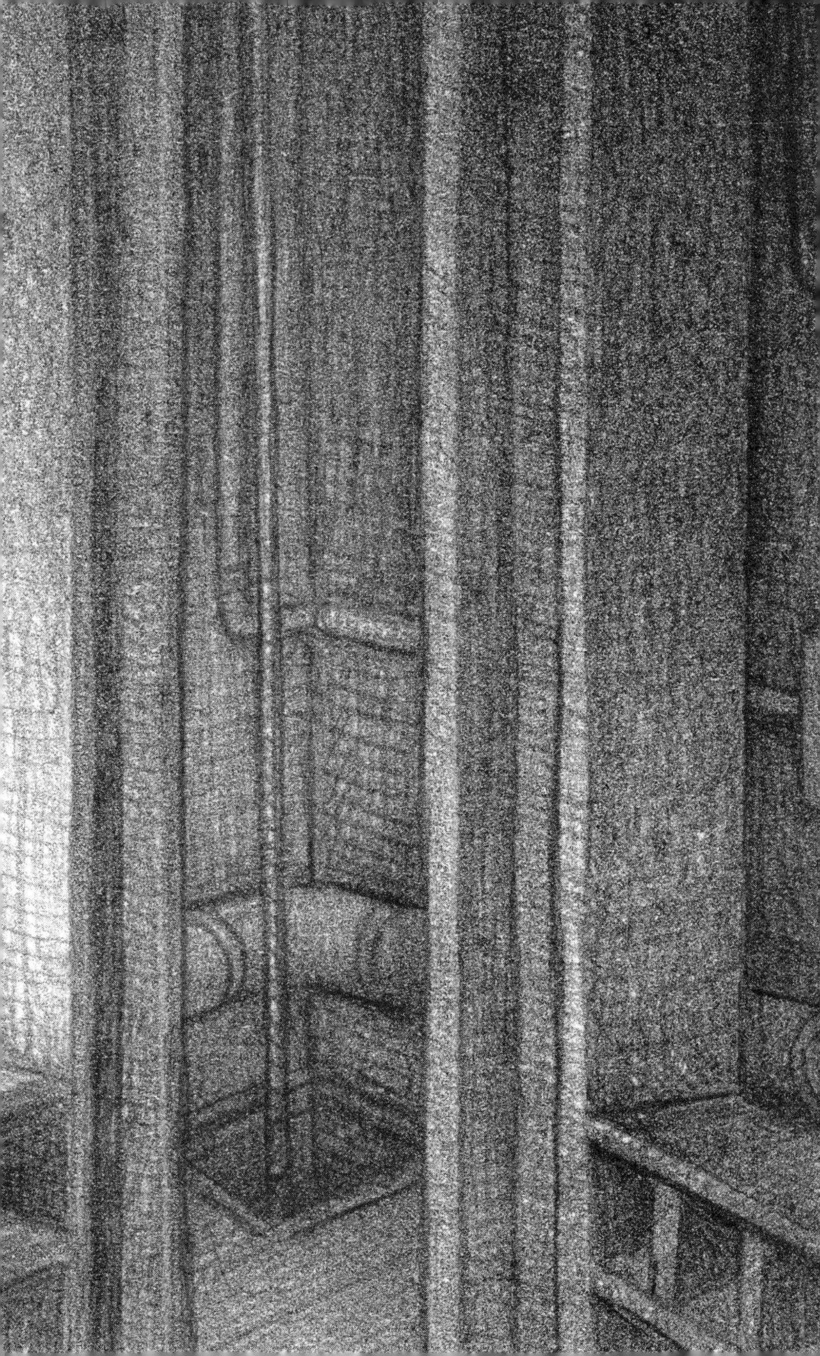

Hugo vérifie la précision du mouvement et s'assure que l'heure est exacte sur le petit cadran de contrôle situé derrière le mécanisme. Il emprunte ensuite les couloirs de service jusqu'au cercle d'horloges des quais, puis vers celles, plus petites, qui donnent sur les bureaux – y compris celui de l'inspecteur de sécurité. En regardant entre les chiffres, Hugo aperçoit la table de l'inspecteur et, dans le coin de la pièce, la cellule munie de barreaux qui attend les malfaiteurs arrêtés dans la gare. Hugo a vu des hommes et des femmes enfermés dans cette cage, parfois même des garçons à peine plus âgés que lui, les yeux rougis d'avoir pleuré. Ces gens sont ensuite emmenés ailleurs, et il ne les revoit plus.

Depuis les bureaux, Hugo suit un long tunnel dérobé jusqu'à l'horloge située en face du kiosque à jouets. Il préférerait éviter cette horloge, mais il est tenu de n'en négliger aucune. Jetant un coup d'œil entre les chiffres, il aperçoit de nouveau le vieux marchand ; seul dans son échoppe au bout de la galerie, il feuillette le carnet. Hugo en aurait hurlé. Il n'en fait rien cependant, huile le mécanisme de l'horloge et l'écoute attentivement. À l'oreille, il sait qu'elle n'aura pas besoin d'être remontée avant un jour ou deux. Il reprend donc sa ronde et achève d'inspecter les vingt-sept horloges de la gare comme son oncle le lui a appris.

3

Neige

L<small>E VIEUX MARCHAND DE JOUETS</small> S'AVANCE à pas lents
jusqu'à l'entrée du kiosque. Il abaisse le rideau de
bois articulé quand Hugo arrive derrière lui. Capable
de marcher à pas de loup, le garçon laisse claquer ses
talons sur le carrelage pour avertir le vieillard de sa
présence.

– Lève les pieds, gamin, dit ce dernier en regardant
par-dessus son épaule. Je déteste le bruit des semelles
sur le sol.

Il achève de baisser le rideau et le verrouille.

Les galeries sont presque désertes. Hugo sait

que, comme chaque soir, l'inspecteur de sécurité commencera sa ronde à l'autre bout de la gare, qu'il lui faudra quelques minutes avant d'atteindre le kiosque.

Après avoir fermé, le vieux marchand s'assure que le cadenas tient bon.

– Comment tu t'appelles, le gosse ?

Hugo a un moment d'hésitation. Tenté de mentir, il finit par donner son vrai nom sans trop comprendre pourquoi :

– Hugo… Hugo Cabret.

– Écoute-moi bien, Hugo Cabret. Je t'ai demandé de ne plus te montrer ici. Si je te revois, je te traîne au bureau de l'inspecteur et je t'enferme moi-même dans la cellule. Est-ce que c'est clair ?

– Rendez-moi mon carnet…

– Je rentre à la maison pour le *brûler*, ton carnet.

Sur ces mots, le marchand jette un coup d'œil à l'horloge en face du kiosque, puis il s'éloigne sous les grandes arches de métal et sort par la grille dorée dans les rues sombres de Paris. L'hiver touche à sa fin, une petite neige s'est mise à tomber. Hugo suit le vieux du regard.

Il y a bien longtemps qu'il n'a pas quitté la gare, ses vêtements ne sont pas assez chauds pour la saison, et pourtant, dans la minute, il s'élance dehors et crie :

– Vous n'avez pas le droit de brûler mon carnet !

– Oh, que si, lui répond le vieillard.

Hugo meurt d'envie de l'attaquer, de le jeter à terre pour lui reprendre le carnet, mais il doute d'être assez grand. D'autant que le marchand de jouets ne manque pas de force. Il lui a meurtri le bras en l'attrapant un peu plus tôt.

– Cesse de claquer des talons ! gronde le bonhomme entre ses dents. Et ne m'oblige pas à le répéter.

Il agite la tête, ajuste son chapeau et murmure comme pour lui-même :

– J'espère que la neige tiendra, qu'elle tapissera les rues, étouffera les bruits de pas pour qu'enfin la ville retrouve le silence.

Ils arrivent bientôt devant un immeuble décrépi en face du cimetière. Le bâtiment semble pencher. On a arraché le lierre qui, autrefois, en couvrait la façade et dont il ne reste qu'un réseau de longues cicatrices sur le mur craquelé. Avec une grosse clé, le vieux ouvre une porte verte à la peinture écaillée et dit en se tournant vers Hugo :

– Tu ne sais donc pas que le bruit des talons sur le sol attire les fantômes ? Tu veux que les fantômes te suivent ?

Une seconde encore, et il pénètre dans le hall, claquant vivement le battant derrière lui.

4

La fenêtre

Seul dans la nuit, devant l'immeuble qu'habite le vieillard, Hugo essuie la neige qui colle à ses cils. Il triture les boutons sales de sa maigre veste, les frotte entre ses doigts comme il caressait la couverture du carnet.

Il prend un caillou dans la rue, le lance contre une fenêtre avec un *cling* retentissant.

Les rideaux s'écartent sur une fillette. Hugo croit d'abord qu'il s'est trompé d'appartement, puis il la reconnaît.

C'est la fille du kiosque à jouets. Hugo s'apprête à crier quand elle pose un doigt sur ses lèvres et lui fait signe de l'attendre. Les rideaux se referment.

Transi, Hugo frissonne. Quelques minutes plus tard, la fillette apparaît de derrière les bâtiments et court vers lui.

– Qui es-tu ? demande-t-elle.

– Ton grand-père m'a volé mon carnet. Il faut que je le récupère avant qu'il le brûle.

– Papi Georges n'est pas mon grand-père. Et il n'a rien volé. Le voleur, c'est toi.

– Je ne suis pas un voleur !

– Je t'ai vu.

– Impossible. Le vieux marchand t'a envoyée ailleurs avant que je vienne au kiosque.

– Alors, tu m'espionnais. Nous sommes quittes.

Hugo examine la fille avec curiosité :

– Laisse-moi entrer.

– Je ne peux pas. Il faut que tu t'en ailles.

– Je ne partirai pas sans mon carnet.

Hugo prend un nouveau caillou pour le lancer contre la fenêtre, mais elle l'en empêche et le lui arrache des doigts.

– Tu es fou ? murmure-t-elle. Il ne doit pas me voir ici avec toi. Pourquoi as-tu tellement besoin de ce carnet ?

– Je ne peux pas te le dire.

Il se baisse pour prendre un autre caillou. La fillette le pousse par terre et le maintient au sol.

– Écoute, je ne peux pas te faire entrer. En revanche, je te promets de veiller à ce que Papi Georges ne brûle pas ton carnet. Passe au kiosque à jouets demain et redemande-lui de te le rendre.

Hugo plonge dans les grands yeux noirs de la fillette et comprend qu'il n'a pas le choix. Elle le laisse se relever, et il s'en va dans la nuit neigeuse.

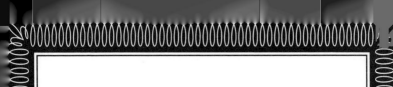

5

Le père d'Hugo

HUGO COURT SANS S'ARRÊTER jusqu'à sa chambre secrète. Pour éclairer la pièce, il appuie sur le bouton, oubliant comme toujours que l'ampoule du plafond a grillé. Il craque une allumette, regarde jaillir la flamme et allume quelques bougies. Elles répandent une douce lumière dorée, projettent des ombres impressionnantes sur les murs.

D'instinct, les doigts d'Hugo tâtent la poche vide qui abritait son carnet. Ne sachant que faire, il va jusqu'aux cartons empilés tant bien que mal dans un coin, puis il les déplace, révélant l'alcôve qui lui sert de cachette.

Il en tire un objet lourd, encombrant, dénoue les cordes effilochées qui l'entourent et ôte la toile qui le recouvre.

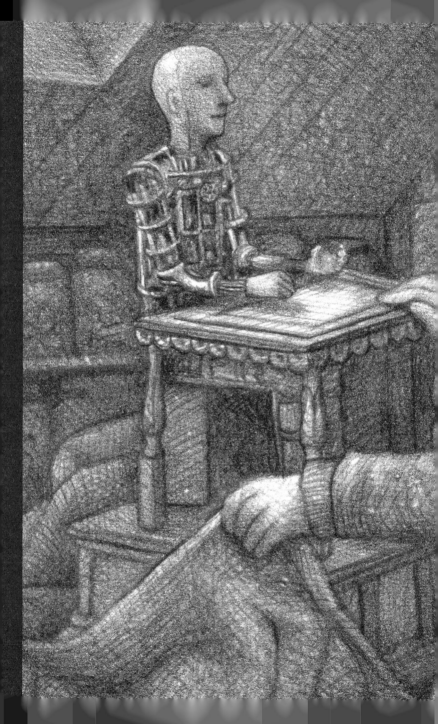

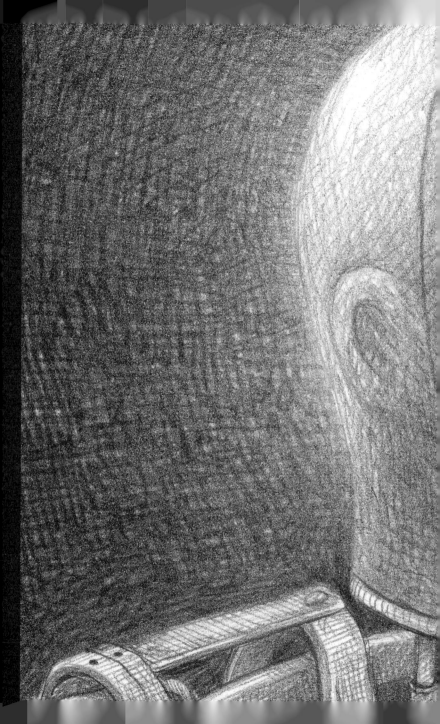

L'homme est entièrement construit de mouvements d'horlogerie et de mécanismes de précision. Dès que son père lui en a parlé, Hugo s'est pris de passion pour cet homme mécanique qui est devenu le centre de sa vie.

Son père tenait un petit magasin de montres et pendules ; il travaillait aussi à temps partiel dans un vieux musée, où il entretenait les horloges. Un soir, il était rentré plus tard que de coutume, si tard qu'Hugo était déjà au lit.

– Capitaine, avait-il déclaré à son fils, je suis désolé de t'avoir fait attendre, mais j'ai découvert aujourd'hui une chose fascinante au musée… dans le grenier. Personne ne sait comment l'objet est arrivé là, le vieux gardien lui-même ne se souvient de rien. Il est vrai qu'il ne se souvient pas de grand-chose. C'est la machine la plus belle et la plus complexe que j'aie jamais vue. Le musée aurait pu en prendre soin, quel dommage !

– Qu'est-ce que c'est, Papa ?

– Un *automate*.

– C'est quoi, un automate ?

– Un personnage qu'on remonte, comme une boîte à musique ou un jouet très sophistiqué. J'en ai vu quelques autres, un oiseau chanteur dans une cage, un acrobate sur un trapèze… Celui dont je te parle est bien plus compliqué et plus intéressant.

– Qu'est-ce qu'il a de spécial ? s'était enquis Hugo, curieux.

– Il peut *écrire*. Enfin, je crois. Il est assis devant un bureau et tient un porte-plume. J'ai regardé l'intérieur. Il y a des centaines de pièces minuscules, des douzaines de roues avec de petites dents et des encoches. Je suis sûr que, s'il fonctionnait, on pourrait le remonter, mettre une feuille de papier sur le bureau, et tous ces mécanismes actionneraient le bras de manière qu'il écrive un message. Un poème, peut-être, ou alors une énigme. Hélas, il est cassé et bien trop rouillé pour faire quoi que ce soit.

– Qui l'a fabriqué ?

– Le personnel du musée l'ignore. En revanche, les autres automates que j'ai vus ont tous été construits par des magiciens pour être montrés en spectacle.

– Des magiciens ? s'était exclamé Hugo avec enthousiasme.

– Certains magiciens ont commencé comme horlogers. Avec leurs connaissances, ils ont ensuite construit des automates pour étonner les spectateurs. Ces machines avaient pour seul but de susciter l'émerveillement, et elles y parvenaient sans peine. Le public ne comprenait pas que ces mystérieux personnages puissent danser, écrire ou chanter. Les magiciens créaient l'illusion de la vie, et le secret résidait dans le mouvement d'horlogerie.

– *Tu es* horloger, Papa. Tu devrais pouvoir le réparer, non ?

– Je n'en jurerais pas. Il est vraiment rouillé, il manque des pièces, et j'ai déjà beaucoup de réparations à effectuer par ailleurs.

Hugo avait un don pour l'horlogerie, c'était de famille. Depuis toujours, son père rapportait des montres et des pendules cassées pour que son fils joue avec, de sorte que, dès l'âge de six ans, le garçon était capable de remettre n'importe quel mécanisme en état. Plus tard, lors de ses visites au magasin de son père, il l'observait avec attention et, pour se distraire quand il se lassait, il confectionnait de petits animaux mécaniques avec des pièces trouvées ici et là. Fier de lui, son père exposait les jouets sur son établi.

– Je pourrais voir l'automate, Papa ? S'il te plaît !

Quelques jours passèrent, et, un soir, le père introduisit Hugo en cachette dans le grenier du musée.

La lumière filtrait à travers un voile de poussière. Il y avait là des maquettes de bateaux endommagées, des têtes de statues, de vieux panneaux, un tas de portes hors d'usage ; il y avait des bocaux de verre remplis de liquides étranges, des oiseaux empaillés et des chats figés en plein saut sur des présentoirs de bois.

Enfin, son père souleva un drap taché qui avait été blanc... et l'homme mécanique apparut. Hugo comprit aussitôt que jamais il n'oublierait sa première vision de l'automate. L'incroyable complexité de la machine lui donnait presque le vertige. Malgré son triste état, elle était d'une grande beauté.

– Tu peux la réparer, murmura Hugo. Tu n'as pas envie de savoir ce qu'elle écrit ? Il suffirait alors de la remonter pour lire le message.

– Le travail d'abord, Hugo. J'ai des montres et des pendules à remettre en état, au magasin comme au musée.

Pourtant, tandis qu'il s'affairait dans son échoppe, le père d'Hugo pensait sans cesse à l'automate.

L'horloger eut bientôt rempli plusieurs carnets de croquis consacrés à l'homme mécanique. Il l'avait ouvert, démonté avec soin, il en avait dessiné chaque pièce en détail et, après les avoir nettoyées, il avait entrepris la longue et patiente reconstruction. Pour son anniversaire, il avait emmené Hugo au cinéma comme tous les ans, et il lui avait offert en cadeau un des carnets de croquis.

Au fil des jours, remettre l'automate en état de marche devint une obsession pour le père d'Hugo. Il revint plusieurs fois au musée avec son fils, lui expliqua le

fonctionnement des divers mécanismes. Ils restaient opti-
mistes quant à la restauration de l'automate, discutaient
de ce que celui-ci écrirait lorsqu'il serait réparé. Hugo
et son père considéraient presque l'automate comme un
animal blessé, ils le soignaient pour qu'il guérisse.

Un soir, oubliant que le père d'Hugo était au grenier,
le vieux gardien du musée verrouilla la porte en sortant
et l'enferma.

Hugo ne pouvait pas se douter de ce qu'il adviendrait
ensuite.

Personne ne sut ce qui avait provoqué l'incendie. En l'espace de quelques minutes, le feu s'étendit à tout le bâtiment.

Hugo passa la nuit à attendre le retour de son père. Jamais il n'était rentré aussi tard. Et, au matin, lorsque la porte s'ouvrit enfin, ce n'était pas Papa.

C'était l'oncle Claude.

– Rassemble tes affaires, et vite, mon neveu, dit ce dernier, dont l'haleine empestait l'alcool comme toujours.

D'une main, il releva ses lunettes cerclées d'acier pour essuyer ses yeux rougis.

– Ton père est mort, je suis ton seul parent vivant, et tu vas venir vivre avec moi.

Accablé de fatigue, Hugo ne comprit pas bien les paroles de son oncle. Plus tard, il se souvint que le sang battait à ses oreilles au rythme d'une grosse horloge. Tel un somnambule, il rangea ses vêtements dans une petite valise, y ajouta quelques outils, son jeu de cartes, et glissa le carnet de son père dans sa poche.

Tandis qu'ils marchaient dans les rues glaciales de la ville, l'oncle lui parla de l'incendie, de la porte verrouillée. Hugo se serait laissé tomber par terre, couché sur le trottoir ; il aurait voulu disparaître. Tout était sa faute ! Il avait insisté pour que son père répare la machine, et maintenant il était mort à cause de lui.

Il entendit vaguement l'oncle lui déclarer :

– Tu seras mon apprenti. Tu habiteras chez moi, à la gare, et je te montrerai comment entretenir les horloges. «Apprenti gardien du temps», voilà un joli titre pour un jeune garçon. Et puis, je me fais vieux, grimper entre les murs n'est plus de mon âge.

Des milliers de questions se pressaient dans l'esprit embrumé d'Hugo, mais une seule trouva le chemin de ses lèvres :

– Et l'école… ?

Sa main serrait toujours le carnet dans sa poche ; d'un index distrait, il se mit à le caresser.

Son oncle éclata de rire :

– Tu as de la chance, mon neveu, finie l'école ! Tu n'auras plus le temps d'y aller quand tu travailleras dans la gare. Tu peux me remercier.

L'oncle Claude gratifia Hugo d'une bourrade et ajouta :

– Tu viens d'une longue lignée d'horlogers. Ton père serait fier de toi. Assez causé, avance.

Il toussota, tira de sa poche une flasque d'argent tachée d'huile et but au goulot.

Pour Hugo, le mot « horloger », qui était peint sur la porte du magasin de son père, signifiait « fabricant d'horloges ». Il avait toujours cru qu'il en fabriquerait, lui aussi. Mais la découverte de l'automate lui avait donné d'autres idées. Il rêvait de devenir magicien. Alors qu'il songeait à s'enfuir, l'oncle dut lire ses pensées et l'agrippa par le col. Il ne le lâcha plus jusqu'à la gare.

C'est ainsi qu'Hugo commença à travailler du matin au soir dans l'obscurité. Il avait souvent imaginé que sa propre tête était remplie de roues dentées et d'engrenages, comme les machines qu'il comprenait d'instinct. Tout content d'apprendre comment fonctionnaient les horloges de la gare, il éprouvait une certaine satisfaction à grimper entre les murs pour les réparer en secret, sans que personne le voie. Hélas, il n'y avait presque rien à manger, l'oncle Claude lui criait dessus, lui tapait sur les doigts s'il faisait une erreur et l'obligeait à coucher sur le sol.

Son oncle lui apprit à voler. Hugo avait horreur de cela, mais c'était parfois le seul moyen de se nourrir. La nuit venue, il pleurait en silence pour s'endormir et rêvait d'incendies, de pendules détraquées.

L'oncle Claude ne tarda pas à disparaître pendant des heures, laissant Hugo s'occuper seul des horloges deux fois par jour. Il rentrait souvent très tard, et puis, un soir, il ne rentra pas du tout.

Le garçon craignait que son oncle ne le retrouve s'il en profitait pour filer. Enfin, au bout de trois nuits, l'oncle ne revenant pas, il décida de s'échapper. Il fit sa valise et il quitta la gare en courant. Il était fatigué, la faim le tenaillait. Comme il ne savait pas où aller, il errait au hasard à travers les ruelles étroites de la ville, terrorisé à l'idée de mourir de froid avant de trouver un abri. Pour se protéger du vent cinglant, il marchait tête basse en regardant ses pieds et, finalement, sans même le vouloir, il arriva devant les ruines du musée incendié. Il ne restait du bâtiment qu'un mur de brique irrégulier dont les fenêtres sans vitres donnaient sur le ciel noir. La police avait érigé des barrières autour de l'immense tas de métal tordu, de gravats et de planches brûlées qu'on n'avait pas encore déblayés. C'est alors qu'au milieu des décombres un objet attira l'attention d'Hugo.

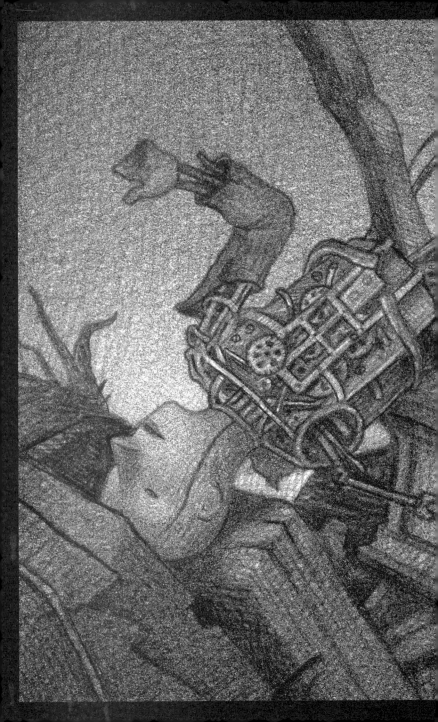

Il était là, telle une accusation, rappelant à Hugo que sa propre vie était en ruine. Les yeux rivés sur lui, le garçon s'assit.

Les heures passèrent.

Des chiens aboyaient au loin, les bruits des services de nettoyage troublaient le silence nocturne. Où pouvait-il aller ? Qu'était-il censé faire ? Il n'avait plus personne. L'automate était mort, lui aussi.

Il reprit ses affaires et s'éloigna, mais son regard revenait toujours sur la machine cassée. Pour une raison mystérieuse, il ne se résolvait pas à l'abandonner là. Après tout le travail que son père avait fait dessus, l'homme mécanique lui appartenait. Hugo prit une profonde inspiration et il revint sur ses pas. Le garçon dégagea les débris calcinés et souleva l'automate. Il était lourd, en plusieurs morceaux. Il l'emporta cependant et, faute d'un autre endroit, il regagna la triste gare.

Avec sa valise sur l'épaule et les restes noircis de la machine sur les bras, il peinait sous ce poids qui menaçait de lui briser les reins. Il n'avait pas la moindre idée de ce qu'il ferait de cette chose lorsqu'il serait de retour dans sa pièce.

Comme il était très tard, il posa l'automate dans une bouche d'aération sans être remarqué. Il dut faire plusieurs voyages par les couloirs de service pour tout rapporter dans sa chambre. Lorsqu'il eut terminé, il avait les mains lacérées, les bras et le dos endoloris. Il étala les morceaux de l'automate sur le sol, se rinça dans la cuvette près du lit, puis alla la vider pour la remplir de nouveau au robinet capricieux de la minuscule cuisine. Tout en examinant les pièces de métal déformées, il remercia le ciel que son oncle ne soit pas revenu.

– *Répare-le.*

Hugo sursauta. Il aurait juré qu'une voix lui parlait à l'oreille. Il jeta un coup d'œil autour de lui, cherchant son oncle. Rien. La pièce était vide. Était-ce son imagination ? Un fantôme ? Il avait pourtant bien entendu...

– *Répare-le.*

Il doutait fort d'y parvenir. L'automate était dans un état lamentable, pire qu'à l'origine. Par chance, Hugo avait gardé le carnet de son père. À l'aide des dessins, il pourrait peut-être reconstruire les parties manquantes.

La tentation d'essayer était de plus en plus forte. S'il réussissait, il aurait un peu de compagnie.

Hugo savait que rester dans la gare n'était pas sans danger. Son oncle risquait de rentrer et, dans l'intervalle, si l'inspecteur de sécurité s'apercevait que le garçon était seul, il l'enfermerait dans la petite cellule de son bureau pour l'expédier ensuite à l'orphelinat. L'automate serait détruit, finirait aux ordures.

Il ne tarda pas à comprendre qu'il devait faire comme si son oncle était encore là. Il entretiendrait les horloges pour qu'elles donnent l'heure avec autant de précision que possible, et il récupérerait discrètement la paie de son oncle au bureau – chèques qu'il n'était pas en mesure d'encaisser. Plus important encore, il devrait se rendre invisible.

Trois mois se sont écoulés depuis cette nuit-là. Hugo effleure le bras de l'automate et contemple son œuvre. Il a bien avancé. Ayant étudié les dessins du carnet avec attention, il a repeint le visage de l'homme mécanique, dont l'expression étrange lui rappelle son père qui semblait toujours réfléchir à trois problèmes en même temps. Posée sur le bureau comme autrefois, la main de bois poli toute neuve attend qu'Hugo lui confectionne un porte-plume.

Le garçon ne cesse de s'interroger sur le message qu'écrira un jour l'automate. Plus il travaille à sa restauration, plus il en vient à croire une chose insensée. Il est sûr que ce message répondra à toutes ses questions, lui dira ce qu'il doit faire à présent qu'il est seul. Ce message lui sauvera la vie.

Lorsqu'il l'imagine, il le voit écrit de la main de son père. Peut-être que là-haut, dans le grenier du musée, ce dernier a modifié le mécanisme pour que l'automate écrive un message nouveau, destiné à Hugo. Au fond, ce n'est pas impossible.

Il lui faut maintenant réclamer son carnet au vieux marchand de jouets pour achever le travail et lire le message de son père.

6

Cendres

Le lendemain, à l'aube, le vieux marchand de jouets ouvre son kiosque quand Hugo s'approche de lui.

– Je m'attendais à ta visite, déclare le vieillard en se retournant.

Il sort de sa poche un mouchoir noué et le tend au garçon, dont les yeux s'arrondissent de surprise. Hélas, ses espoirs s'effondrent dès qu'il prend le paquet.

Son souffle s'étrangle dans sa gorge tandis que, les larmes aux yeux, il défait le nœud.

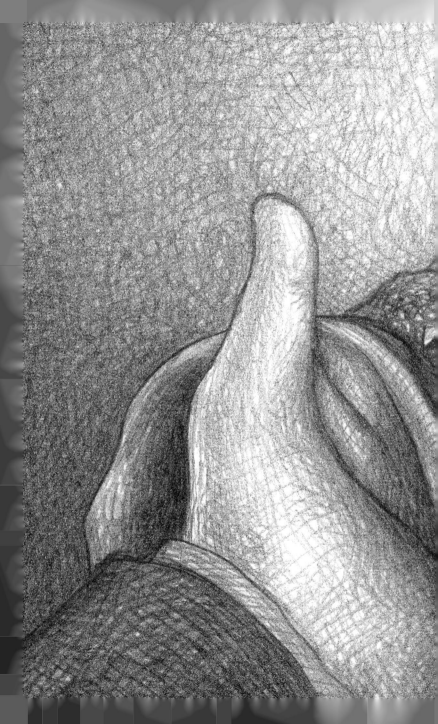

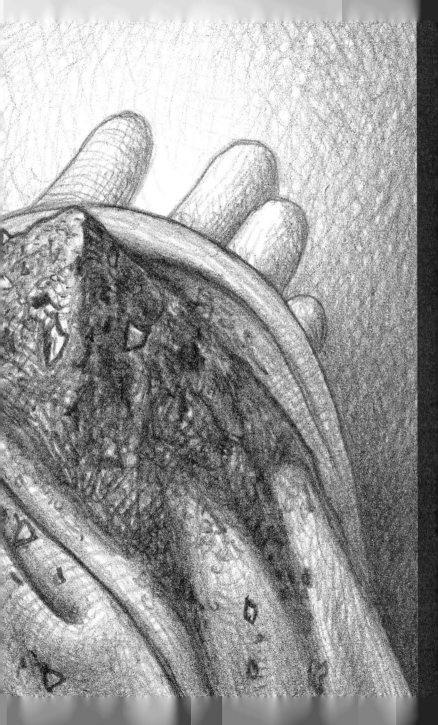

Du doigt, Hugo tâte les cendres et les laisse tomber avec le mouchoir. Tous ses projets, ses rêves se sont envolés en fumée. Sous le choc, il recule, puis la rage l'emporte, il se jette sur le vieux. Vif malgré son âge, ce dernier lui saisit les bras.

– Pourquoi tiens-tu tellement à ce carnet ? demande-t-il en secouant Hugo. Qu'est-ce qui t'empêche de me le dire ?

Hugo sanglote et se démène pour se libérer quand il croit voir des larmes dans les prunelles du vieil homme. Étrange. Quelle raison a-t-il de pleurer ?

– Va-t'en, murmure alors le marchand en relâchant les poignets d'Hugo. S'il te plaît, va-t'en, c'est fini.

L'enfant s'essuie les yeux de ses mains sales, laissant des traces de cendre sur ses joues, et, pivotant sur les talons, il détale à toutes jambes.

Hugo n'en peut plus, et il lui faut de nouveau vérifier les horloges. Sous l'effet de la fatigue, il songe à se rendre. Sans le carnet, jamais il ne lira le message de l'automate. Autant se présenter à l'inspecteur de sécurité pour être envoyé dans un orphelinat. Là au moins, il n'aura plus à voler pour se nourrir, ni à craindre une panne des horloges. L'idée de perdre à jamais l'homme mécanique lui est cependant insupportable. Il s'y est attaché, se sent responsable de la machine. Même hors d'usage, il la gardera près de lui aussi longtemps qu'il restera à la gare.

Tout en effectuant son inspection, Hugo ne parvient pas à oublier ses soucis. Il revoit sans cesse le mouchoir rempli de cendres. Il en veut au vieux et ne pardonnera jamais à la fille de lui avoir menti.

En fin de journée, il pose son seau à outils et s'assied près de l'horloge qu'il achève de vérifier. Il range la montre de cheminot dans le seau, ramène les genoux sous son menton et se prend la tête dans les mains.

Le tic-tac régulier de l'horloge le berce. Il s'est assoupi quand un rêve d'incendie le réveille en sursaut.

Frustré, triste, il termine sa tâche et regagne sa chambre pour tenter de trouver le sommeil. Les pensées tournoient dans sa tête, sans jamais s'arrêter. De guerre lasse, il prend une feuille de papier et un crayon dans une caisse près de son lit, s'installe sur le sol et dessine des horloges, des rouages, des machines imaginaires, des magiciens sur scène. Il dessine l'automate, le dessine encore et encore, continuant ainsi jusqu'à ce que le calme revienne dans son esprit. Alors, il glisse ses dessins sous le lit, où ils s'entassent en grand nombre, puis il se couche tout habillé.

Au matin, les horloges de la gare attendent, comme toujours.

Sa tournée terminée, Hugo se lave le visage et les mains dans sa cuvette. Il a soif et très envie d'une tasse de café bien chaud. C'est impossible à voler, il faut qu'on vous le serve. En fouillant ses bocaux, il récupère quelques pièces.

Assis seul à une table, il commande son café. Il préfère payer quand il le peut avec la menue monnaie qu'il ramasse ici et là pendant la semaine, et il veille à ne pas dérober ce dont d'autres risquent d'avoir besoin. Ses vêtements proviennent des objets trouvés, il fait les poubelles pour y prendre du pain dur. Parfois, tôt le matin, il s'autorise à chaparder une bouteille de lait frais ou une pâtisserie sur la terrasse du café, comme son oncle le lui a enseigné. Les jouets sont une exception évidente aux règles qu'il s'est données.

Le café est trop chaud. Pendant qu'il refroidit, Hugo regarde la foule des voyageurs qui se hâte à travers l'immense gare vers des milliers de destinations. Lorsqu'il les observe d'en haut, il les voit comme les rouages d'une grande machine tourbillonnante, mais, d'en bas, ce n'est plus que cohue bruyante et bousculade sans rime ni raison.

Lorsque Hugo reprend sa tasse, il remarque qu'une feuille de papier pliée en quatre est apparue sur sa table. Il jette un coup d'œil à la ronde sans voir qui a pu la déposer. Lentement, il la déplie et lit :

Rendez-vous à la librairie au fond de la gare.

Rien de plus.

Intrigué, il retourne la page. Il y a une autre phrase au dos :

Ton carnet n'a pas été brûlé.

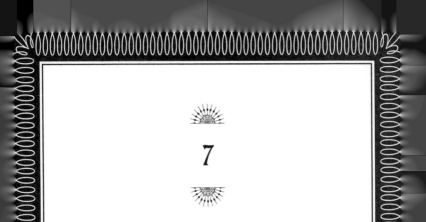

7

Secrets

HUGO N'EST ENCORE JAMAIS ENTRÉ dans cette librairie, mais il sait où elle est. Il connaît la gare comme sa poche. À l'opposé du café, près de la salle d'attente principale, il y a deux tables de bois couvertes de livres et, entre elles, une porte avec l'inscription : R. LABISSE, LIVRES NEUFS ET D'OCCASION.

Une clochette tinte quand Hugo pousse le battant. Nerveux, il frotte les boutons de sa veste, et l'un d'eux lui reste dans la main. Il le glisse dans sa poche et continue de le frotter. Son cœur tambourine dans sa poitrine.

La boutique est imprégnée d'une odeur de vieux papier, de poussière et de cannelle qui lui rappelle l'école, ravivant des souvenirs heureux de son ancienne vie. Ses meilleurs amis, Antoine et Louis, avaient tous deux les cheveux bruns et se faisaient passer pour frères. Hugo n'a pas pensé à eux depuis longtemps. Le plus grand des deux, Antoine, le surnommait « Tic-Tac » parce qu'il avait toujours des pièces d'horlogerie dans ses poches. Alors le garçon se demande s'il manque à ses camarades, s'ils feignent encore d'être frères.

Hugo se souvient aussi que, le soir, son père lui lisait parfois de passionnants récits d'aventures tirés de Jules Verne, ou des contes de fées d'Hans Christian Andersen qu'il aimait particulièrement. Il regrette ces lectures.

Un vendeur est assis derrière le comptoir entre deux imposantes piles d'encyclopédies. En regardant autour de lui, Hugo ne voit d'abord personne d'autre, et soudain la fille apparaît à l'autre bout du magasin, telle une sirène dans un océan de papier. Elle referme le livre qu'elle lisait et lui fait signe d'approcher.

– Papi Georges a gardé ton carnet.

– Qui me prouve que tu ne mens pas ? Tu m'as déjà menti.

– Je ne t'ai pas menti. C'est lui qui t'a dupé.

– Pourquoi me racontes-tu cela ? Pourquoi cherches-tu à m'aider ?

La fille réfléchit pendant quelques instants et déclare :

– Je voudrais voir ce qu'il y a dans ce carnet.

– Pas question. C'est un secret.

– Chic ! J'adore les secrets.

Hugo se dit que c'est une bien étrange fille. Elle interpelle le vendeur assis au fond du magasin :

– Monsieur Labisse, j'emprunte le livre sur la photographie. Je vous le rapporterai bientôt.

– Bon, bon, très bien, répond distraitement ce dernier tandis qu'elle sort sans un regard de plus à Hugo.

Il se méfie un peu de cette fille. Peut-être lui joue-t-elle un tour. Mais, comme il n'a rien à perdre, il se rend au kiosque à jouets et attend que le vieux marchand ait fini avec ses clients. Dans sa tête, les rouages tournent à une allure vertigineuse.

– Qu'est-ce que tu fais là ? demande le vieillard.

Hugo prend une grande inspiration :

– Je ne crois pas que vous ayez brûlé mon carnet.

– Ah non ?

Le vieux semble surpris. Il réfléchit quelques instants et déclare :

– Eh bien, crois ce que tu voudras, peu m'importe. Tu as peut-être raison, peut-être que les cendres n'étaient pas celles du carnet, mais tu n'en sauras jamais rien, pas vrai ?

Hugo se rapproche du kiosque.

Le marchand arrange les jouets sur son comptoir et dit au garçon :

– Tu as eu tort de revenir, Hugo Cabret. Va-t'en.

Il obéit. Mais, plus tard, seul dans sa chambre, ou lorsqu'il se déplace dans les couloirs de service pour entretenir les horloges, il ne cesse de penser à l'automate. Il finit par se convaincre : il ne doit pas renoncer. Il retourne au kiosque à jouets le lendemain, et le surlendemain. La nuit, de nouveaux dessins s'accumulent sous son lit.

Enfin, le troisième jour, le vieux marchand de jouets s'avance vers lui, armé d'un balai. S'attendant à recevoir des coups, Hugo a un mouvement de recul. Au lieu de le frapper, le marchand lui présente le manche :

– Rends-toi utile.

Hugo s'exécute et entreprend de balayer la boutique sous le regard attentif du vieux. Quand il a terminé, il lui redonne son balai :

– Et maintenant rendez-moi le carnet.

Le bonhomme tousse puis fouille dans sa poche. Il en sort de la monnaie :

– Sauf si tu as l'intention de me voler aussi mon argent, va m'acheter un croissant et un café.

Tout joyeux, Hugo empoche les pièces et revient bientôt avec *deux* cafés et *deux* croissants.

Ils boivent et mangent en silence, puis le marchand se lève du banc sur lequel ils étaient assis pour aller chercher les restes de la petite souris bleue écrasée par Hugo quand le vieux l'a surpris à chaparder. Il les étale sur le comptoir et dit au garçon :

– Répare-la.

Hugo le dévisage avec des yeux ronds.

– Je t'ai demandé de la réparer.

– J'ai besoin de mes outils.

Le vieux marchand prend un pot rempli de minuscules tournevis, de pinces et de petits marteaux de laiton :

– Ceux-ci feront l'affaire.

Après quelques hésitations, Hugo se met au travail.

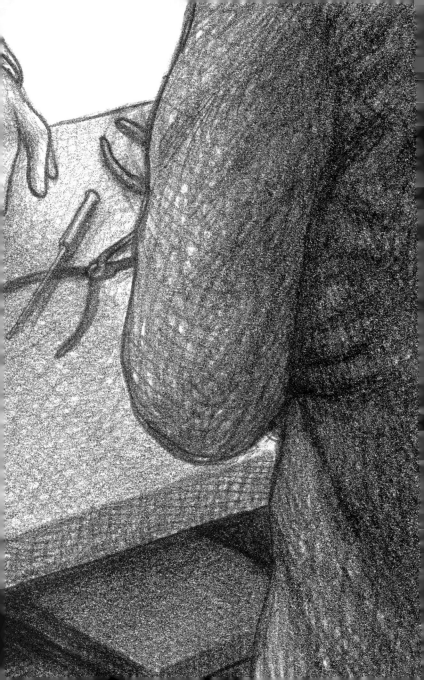

La souris traverse le comptoir en cliquetant.

– Je ne m'étais pas trompé sur toi, constate le vieux marchand de jouets. Tu as un don. À présent, tu veux bien me dire pourquoi tu es venu me trouver ? Me parleras-tu des dessins qui sont dans ton carnet ?

– Rendez-le-moi d'abord.

Le vieux soupire :

– *Si* je n'ai pas brûlé ce carnet, je ne te le rendrai *qu'à une* condition. Les gosses comme toi ne valent pas les loques qu'ils ont sur le dos, mais la plupart des gosses comme toi auraient disparu après avoir été pris la main dans le sac. Et la plupart des gosses comme toi n'ont aucun talent pour la mécanique. Tu as une chance de prouver que tu n'es pas qu'un voleur. Une chance de *regagner* ton carnet. Mais souviens-toi que tu joues ton temps, c'est un pari risqué. Tu pourrais travailler pour moi pendant des mois et découvrir que tu te trompais, que le carnet est parti en fumée. Tu viendras au kiosque tous les jours. Je déciderai des heures que tu dois me consacrer pour chaque objet volé, et c'est moi qui jugerai si tu as mérité le carnet, *en supposant qu'il existe encore*. C'est compris ?

– J'ai déjà un emploi, répond Hugo.

– Voleur ne figure pas dans la liste des métiers, ironise le vieux en riant.

– J'ai un autre travail, je viendrai quand je pourrai.

– Tu commences demain, mon garçon.

Hugo repart à toutes jambes dans la galerie déserte, en veillant à ne pas claquer des talons sur le carrelage.

Cette solution n'est pas parfaite, mais c'est un début.

8

Les cartes

LE LENDEMAIN, APRÈS AVOIR ACHEVÉ sa ronde matinale des horloges, Hugo se présente au kiosque
à jouets pour travailler. Partagé entre l'espoir de récupérer son carnet et la rancœur, il sent les rouages de
sa tête tourner dans des sens opposés. Il accomplit
cependant les tâches demandées. Il balaye le sol et
range les petites boîtes derrière le comptoir, il démêle
les fils des oiseaux qui battent des ailes, repeint
les jouets écaillés, répare les créatures mécaniques
détraquées.

Jamais il n'aurait imaginé être entouré de pièces détachées en si grand nombre. Partout, ce n'est que seaux remplis de quincaillerie : morceaux de métal, de fer-blanc aux couleurs vives, minuscules moteurs, roues dentées et ressorts, vis et boulons. Hugo a beau savoir qu'il ne doit pas voler, cet étalage est par trop tentant. S'il récupère son carnet, il lui faudra des pièces pour l'automate.

Il frotte les boutons de sa veste, puis il empoche prestement les mécanismes dont il a besoin.

Pendant qu'Hugo s'affaire, le vieux joue aux cartes, cela lui rappelle des souvenirs auxquels il n'a pas pensé depuis longtemps. Son père lui avait appris diverses réussites et montré quelques tours pour l'amuser. La dextérité du marchand de jouets le fascine. Non content de battre les cartes, le vieillard les ouvre en éventail, les retourne, les claque, les lance si vite d'une main dans l'autre qu'elles dansent en formant un pont aérien. Il coupe le jeu d'une main, fait apparaître un second éventail derrière le premier, laisse une carte solitaire flotter en l'air et retomber sur le paquet. Comment un si méchant bonhomme est-il capable de tels prodiges ?

Lorsqu'il revient travailler pour lui, Hugo apporte

son jeu de cartes et, ses tâches presque terminées, il va trouver le vieux et pose le jeu devant lui :

– Montrez-moi comment vous faites avec les cartes.

– Comment je fais quoi ? Des réussites ?

– Comment vous les faites danser et flotter en l'air.

– Parce que je les fais danser ? Je ne m'en étais pas rendu compte. Retourne plutôt travailler avant que je me fâche.

Hugo ne bouge pas d'un pouce.

Le vieux marchand hésite. Un œil à moitié clos, il fixe le garçon, puis il prend le jeu d'une main, l'ouvre en éventail. De nouveau, les cartes dansent, flottent, forment des arches devant Hugo, ravi.

Jusqu'à ce que la voix du marchand brise le charme :

– Assez joué, au travail !

Durant le reste de la journée, le vieux continue ses tours de cartes. Hugo l'observe à la dérobée, surprenant parfois son regard. Dans ces moments-là, il a l'impression que ce numéro lui est destiné – comme si le bonhomme donnait un spectacle pour lui.

Le vieux marchand finit par s'endormir. Peu après, Hugo sent une tape sur son épaule. Il se retourne sur la fille, qui porte un livre rouge vif sous le bras. Elle pose un doigt sur ses lèvres et murmure :

– Rendez-vous chez le libraire dans dix minutes. Papi Georges n'aime pas me voir ici.

Puis, se faufilant entre les bancs et les colonnes du hall, elle disparaît.

– J'ai commencé à chercher ton carnet, dit la fillette dès qu'Hugo l'a rejointe.

– Surtout, ne l'ouvre pas.

– Si je le retrouve, j'ai bien le droit de regarder, non ?

– En ce cas, cesse de le chercher, réplique Hugo en la foudroyant du regard.

– J'essaie de t'aider. Pourquoi es-tu méchant ?

Surpris, Hugo cligne des paupières. Il ne se considère pas comme méchant. Le vieux l'est, lui pas. Il n'a pas le choix, à cause des secrets qu'il *doit* garder. Impossible d'expliquer cela à la fille.

Elle est plantée devant lui, poings sur les hanches, et le dévisage avec une expression qu'il n'est pas sûr de comprendre. Elle semble soudain très adulte. Il a le sentiment de l'avoir déçue et sent son cœur se serrer. Gêné, il détourne les yeux, enfonce les mains dans ses poches.

– Promets-moi de ne pas l'ouvrir, dit-il.

– Bon, puisque tu insistes, maugrée-t-elle. Mais, s'il tombe et qu'il s'ouvre, je ne fermerai pas les yeux en le ramassant.

Au même moment, la clochette de la porte tinte et un jeune homme entre.

– Étienne ! s'exclame la fille.

– Bonjour, Isabelle, dit le jeune homme.

« Ainsi, elle s'appelle Isabelle », songe Hugo.

– Il y a un moment que je ne t'ai pas vue. Ça va, le kiosque à jouets ?

– Ça va.

Du geste, elle désigne Hugo et ajoute :

– Je te présente mon ami… euh…

– Hugo, complète ce dernier.

Étienne sourit et serre la main que le garçon lui tend pendant qu'Isabelle explique :

– Étienne travaille au cinéma, à côté de chez moi. Il me fait entrer dans la salle en cachette. Papi Georges ne veut pas que je voie de films.

– J'ai un faible pour ceux qui aiment le cinéma, c'est plus fort que moi. Tu aimes le cinéma, Hugo ?

– Mon père m'y emmenait chaque année pour mon anniversaire.

– Quels films tu as vus ? demande Isabelle.

Hugo les regarde tour à tour en pensant à ces séances de cinéma avec son père. Ils aimaient tellement se retrouver ensemble dans la salle obscure. Enfin, il se décide à répondre :

– La dernière fois, nous avons vu un film avec un homme accroché aux aiguilles d'une horloge géante.

– Ah, *Monte là-dessus* ! s'exclame Isabelle. Avec Harold Lloyd. C'est très chouette !

– Je vais passer quelques jours dans ma famille, dit Étienne, mais venez au cinéma la semaine prochaine quand je serai de retour. Je travaillerai le mardi, je vous ferai entrer tous les deux.

– Je ne peux pas…, bredouille Hugo.

Étienne lui sourit :

– Si, si, j'y tiens. Promets-moi de venir.

– Ce n'est pas possible.

– Je t'en prie, Hugo, promets ! insiste Isabelle.

L'idée d'aller au cinéma lui rappelle une anecdote que son père lui a racontée : dans sa jeunesse, quand les films étaient encore une nouveauté, il était un jour entré dans une salle obscure et, sur un écran blanc, il avait vu une fusée voler tout droit dans l'œil de la Lune. Son père avait déclaré que c'était une expérience extraordinaire, comme de voir ses rêves en plein jour.

– Bon, dit Hugo, je viendrai, c'est promis.

Isabelle met son nouveau livre – *La mythologie grecque* – sous son bras.

– Parfait. Je te verrai là-bas. Et maintenant il faut que je file, j'ai quelque chose à retrouver.

– N'ouvre pas le car…

Hugo n'a pas le temps de terminer qu'Isabelle s'en va déjà.

– Au revoir, Étienne ! lance-t-elle depuis la porte. À la semaine prochaine devant le cinéma, Hugo.

Et elle disparaît dans le hall parmi la foule des voyageurs.

– J'ai été ravi de te rencontrer, Hugo, dit Étienne avant de s'éloigner à son tour en quête de l'ouvrage qu'il est venu chercher.

À regret, Hugo se dirige vers la sortie. Il fait si bon, au calme, dans la librairie, et les piles de livres le fascinent. Il décide de s'attarder un moment pour regarder.

Hugo prend le livre qui a attiré son attention. La couverture s'orne de cartes à jouer dorées, en relief comme le titre prometteur : *Manuel pratique de magie, cartes et illusions*. À l'intérieur, des schémas en noir et blanc montrent une infinité de tours de cartes, dont ceux qu'exécute le vieux marchand. La seconde moitié du volume révèle les secrets qui permettent de faire disparaître des objets, de projeter sa voix et de sortir des lapins d'un chapeau. D'autres schémas expliquent comment déchirer le papier pour qu'il se reconstitue, comment verser de l'eau dans une chaussure sans la mouiller. Curieux de voir s'il mentionne les automates, Hugo feuillette l'ouvrage, en vain. Malgré cela, il lui faut ce livre. L'emprunter à M. Labisse comme le fait Isabelle ne lui suffit pas, il veut le garder, le posséder.

Il le glisse sous son bras et se rapproche lentement de la porte en frottant les boutons restants de sa veste.

Du tabouret sur lequel il s'est installé pour lire, Étienne lui lance :

– Qu'est-ce que tu as trouvé de beau, Hugo ?

Le garçon anxieux s'enfuirait volontiers si Étienne ne venait lui prendre le livre pour l'examiner.

– Hum. La magie, dit-il en souriant avant de lui tendre le volume. Tu sais ce qu'il y a derrière ce cache ?

Que répondre à cela ? Étienne semble pourtant attendre une réponse.

– Votre œil ? dit-il d'une voix hésitante.

– Non, j'ai perdu mon œil quand j'étais gosse. Je jouais avec des feux d'artifice, et une fusée a atterri dedans.

Hugo repense au film préféré de son père, se demande si la Lune porte un cache depuis qu'elle a reçu une fusée dans l'œil, et, faute d'une meilleure idée, il bredouille :

– Ah bon.

– Alors, tu veux savoir ce qu'il y a derrière mon cache ?

– Oui, dit Hugo, dont le seul désir est de filer au plus vite.

Étienne glisse deux doigts sous le cache et en sort une pièce, qu'il donne au garçon.

– C'est le seul tour de magie que je connaisse, petit. Va acheter ton livre.

9

La clé

CE SOIR-LÀ, APRÈS AVOIR ENTRETENU toutes les horloges de la gare, Hugo ouvre le livre de magie. Il le dévore d'une traite, relit ses passages préférés et en mémorise certains en s'exerçant avec ce qu'il a sous la main. Mais il est distrait. En déployant les cartes en éventail, en faisant rouler une pièce sur le dos de ses doigts, il pense à Isabelle. Il finit par refermer le livre.

Elle a promis de l'aider à récupérer son carnet. Elle l'a présenté comme son ami.

Peut-il être l'ami d'Isabelle avec tant de secrets à garder ? Quand il était l'ami d'Antoine et de Louis, il n'avait pas de secrets. Si seulement elle le laissait tranquille !

Avant de se préparer pour la nuit, il sort l'homme mécanique de derrière les cartons et examine les pièces détachées qu'il a dérobées depuis qu'il travaille au kiosque à jouets. La lumière se fait alors dans son esprit. En un éclair, il voit qu'une de ces pièces s'intégrera à l'épaule de l'automate au prix de quelques légères modifications. Il s'arme de ses outils et taille, lime, façonne le métal jusqu'à ce qu'il s'insère dans l'articulation avec un *clic* satisfaisant.

Pour la première fois, Hugo a effectué une réparation sur l'automate sans l'aide de son carnet ! Son cœur bat à se rompre. Et s'il parvenait à le remettre en état *tout seul* ? Au fond, rien ne prouve que le vieux marchand l'emploiera encore longtemps au kiosque à jouets. Rien ne prouve que la fille ne ment pas, que le carnet n'est pas brûlé et, tant qu'il ne l'aura pas entre les mains, autant essayer de faire au mieux, même sans certitude de réussir.

La semaine passe vite. Plus fatigué que jamais, Hugo dort à peine car, en fin de journée, après avoir travaillé au kiosque et pris soin des horloges, il reste éveillé jusqu'à l'aube, penché sur l'automate. La restauration progresse, il aura bientôt terminé.

Vient le jour du rendez-vous avec Isabelle et Étienne. Ne voulant pas rompre sa promesse, il s'excuse auprès du vieux marchand et quitte la gare pour courir les rejoindre au cinéma. Isabelle l'attend à l'arrière du bâtiment.

– Papi Georges a caché ton carnet en lieu sûr, déclare-t-elle, mais j'ai ma petite idée d'où il se trouve.

Hugo hésite à lui répéter de ne pas l'ouvrir, juge préférable de ne pas insister et lui demande :

– Pourquoi il t'interdit d'aller au cinéma ?

– Je ne sais pas. Il ne m'a jamais donné d'explication. Il pense peut-être que c'est une perte de temps. En tout cas, je suis sûre que mes parents me l'auraient permis.

Elle regarde Hugo dans l'espoir qu'il l'interrogera sur sa famille et, comme il se tait, elle poursuit :

– Mes parents sont morts quand j'étais petite. Papi Georges et Mamie Jeanne, mon parrain et ma marraine, m'ont recueillie et élevée. Ils sont gentils, sauf quand il s'agit de films.

N'obtenant toujours pas de réaction, elle reprend après un silence :

– Où est passé Étienne ? D'habitude, il m'ouvre tout de suite.

Hugo se faufile le long du bâtiment pour aller voir ce qu'il en est. Le directeur, dont les maigres cheveux noirs sont plaqués sur le haut de son crâne, ouvre la porte principale et dit :

– Qu'est-ce que tu veux, gamin ?

La cigarette collée à ses lèvres remue quand il parle.

– Je… euh… je cherche Étienne.

Le bonhomme le dévisage d'un air sévère en lissant ses cheveux.

– Il a un cache sur l'œil, explique Hugo.

D'une pichenette, le directeur jette la cendre de sa cigarette vers lui avec irritation.

– Oh, je connais Étienne. Je viens de le mettre dehors. Nous avons découvert qu'il faisait entrer des enfants en cachette dans la salle. C'est impardonnable.

Hugo bat en retraite et court rejoindre Isabelle derrière le cinéma pour lui raconter.

– Quel affreux bonhomme, remarque celle-ci. Viens.

Elle l'entraîne jusqu'à la sortie de secours et tire une épingle à cheveux de sa poche. Hugo la regarde farfouiller dans la serrure avec l'épingle, jusqu'à ce qu'un *clic* libère le battant.

– Où as-tu appris cela ? s'étonne Hugo.

– Dans les livres.

Elle passe la tête à l'intérieur pour s'assurer que personne ne monte la garde et fait signe au garçon de la suivre. Ils entrent par le fond du grand hall, où des photographies tirées des films à venir sont exposées dans des vitrines. Isabelle s'arrête un moment pour admirer le portrait d'une actrice avec des yeux très noirs.

– Quand j'y pense, j'aime presque autant ces images que les films, déclare-t-elle. À partir d'une photo, on peut s'inventer toute une histoire dans sa tête.

Hugo examine le cliché quand Isabelle lui souffle :

– Vite ! Voilà le directeur !

En hâte, ils se glissent dans la salle, au dernier rang, et, là, ils s'enfoncent dans les moelleux fauteuils de velours rouge en attendant que le film commence.

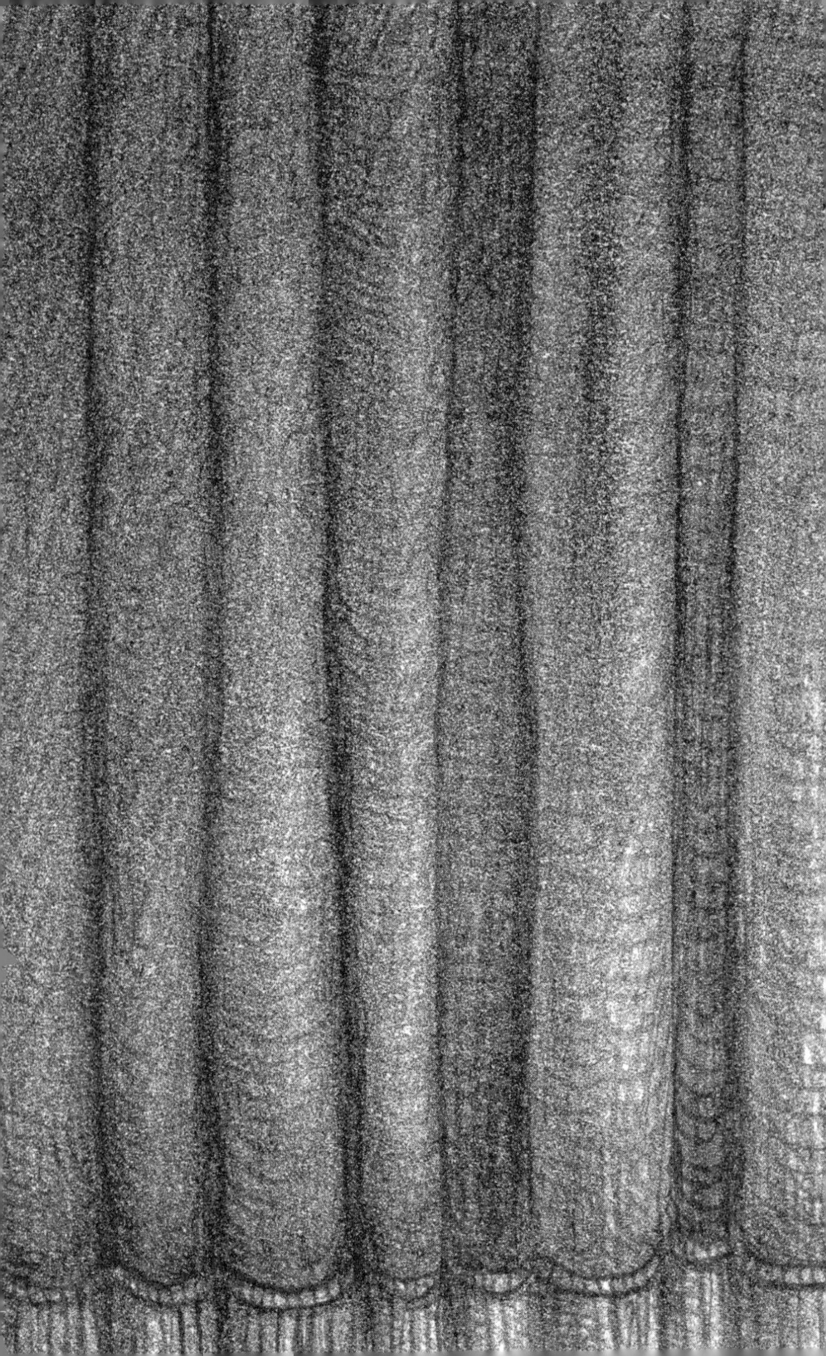

Le grand écran blanc est comme une feuille de papier vierge pour Hugo. Le merveilleux bourdonnement du projecteur le réjouit.

Viennent d'abord les actualités, de petits films de quelques minutes sur les événements du monde entier. Il y a un sujet sur la Dépression américaine, un autre sur l'Exposition coloniale qui ouvrira à Paris dans quelques mois – très intéressé, Hugo doute cependant de pouvoir y aller. Il y en a encore un sur la politique en Allemagne et, enfin, un dessin animé intitulé *Quel bazar !*, dans lequel, à la nuit tombante, un allumeur de réverbères passe devant une horlogerie où tout est vivant. Pendules, montres et réveils dansent sur un air classique. Hugo songe que ce film aurait plu à son père. À la fin, la musique se déchaîne tandis que deux réveils se disputent. Le rideau se referme, le public applaudit, et le projectionniste change les bobines. Au bout de quelques instants, le rideau s'ouvre de nouveau pour le long métrage – *Le million*, de René Clair. Il y est question d'un artiste peintre, d'un billet de loterie égaré, d'un malfaiteur, d'un manteau prêté, d'un chanteur d'opéra ; le meilleur moment en est une séquence de poursuite inimaginable. Émerveillé, Hugo se dit que toute bonne histoire devrait se terminer par une poursuite époustouflante.

Le temps passe vite dans l'obscurité ; quand les lumières se rallument, il regrette que l'après-midi ne dure pas éternellement.

Isabelle et lui se regardent, les yeux brillants de toutes ces images. Les gens quittent le cinéma, jusqu'à ce que les enfants restent seuls dans la salle. Hugo fixe l'écran, comme s'il voyait encore les projections lumineuses et entendait les sons.

Soudain, des mains les agrippent par le col pour les lever de force.

– Petits resquilleurs ! Comment êtes-vous entrés ici ? rugit le directeur.

Des cendres de cigarette leur tombent dans les cheveux. Les enfants n'ont que le temps de saisir leurs manteaux tandis qu'il les traîne dehors pour les jeter dans la rue mouillée.

– Et que je ne vous revoie pas ! gronde-t-il encore en refermant les portes vitrées.

Il s'essuie les mains et leur fait les gros yeux jusqu'à ce qu'ils s'enfuient en s'époussetant la tête.

Lorsqu'ils sont à bonne distance du cinéma, ils ralentissent l'allure. L'air est froid, ils frissonnent tous les deux.

Tout en marchant, Isabelle parle à Hugo des films qu'elle aime – des comédies, des dessins animés, des westerns avec un acteur nommé Tom Mix. Il y a aussi une actrice appelée Louise Brooks dont elle a imité la coiffure. Il y a des films d'aventures, des énigmes policières, des histoires d'amour, de la fantaisie pure. Elle cite des noms comme Charlie Chaplin, Jean Renoir et Buster Keaton. Hugo a vu quelques films de Buster Keaton, et deux de Charlie Chaplin mais, sans savoir pourquoi, il n'en révèle rien et se contente d'écouter Isabelle.

Bientôt, ils sont de retour à la gare. Quand ils pénètrent dans la salle d'attente, Hugo remarque un homme raide comme un piquet qui examine l'horloge principale en prenant des notes sur un bloc.

C'est l'inspecteur de sécurité.

Aussitôt, il saisit le bras d'Isabelle et la tire derrière un banc voisin pour se cacher. Anxieux, il frotte les boutons de sa veste.

– Qu'est-ce qui t'arrive ? s'enquiert la fillette en se redressant.

Perdu dans ses pensées, Hugo s'interroge. Et si l'inspecteur enquêtait et découvrait la disparition de son oncle ? Et s'il se faisait épingler ? Ce n'est pas le moment, pas alors qu'il est sur le point de terminer l'homme mécanique. Il regrette d'être allé au cinéma. Jamais il n'aurait dû quitter la gare.

Son cœur bat à se rompre. Il lui faut regagner les couloirs de service, vérifier les horloges, et Isabelle parle toujours. Il n'a rien compris, rien écouté de ce qu'elle disait. Jugeant le moment opportun, il se relève et s'éloigne de l'inspecteur.

– Ne t'en va pas, Hugo ! Réponds-moi ! proteste Isabelle en le retenant par la manche.

– Il est temps que je file.

– Justement, pour aller où ? Je te demandais où tu habitais.

Hugo s'arrête net et la dévisage.

– J'ignore tout de toi, dit-elle. Tu connais ma maison, l'histoire de mes parents. Si nous devenons amis, j'ai le droit de savoir une ou deux choses de toi. Pourquoi tu ne me dis rien ?

Soudain, Hugo part en courant.

– Pas si vite ! s'écrie-t-elle. Attends-moi, Hugo !

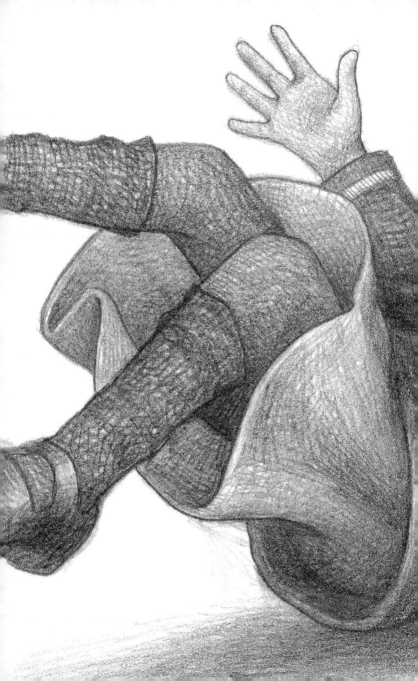

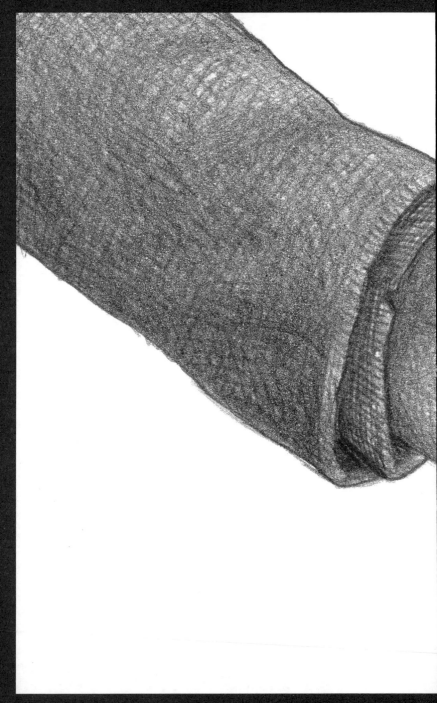

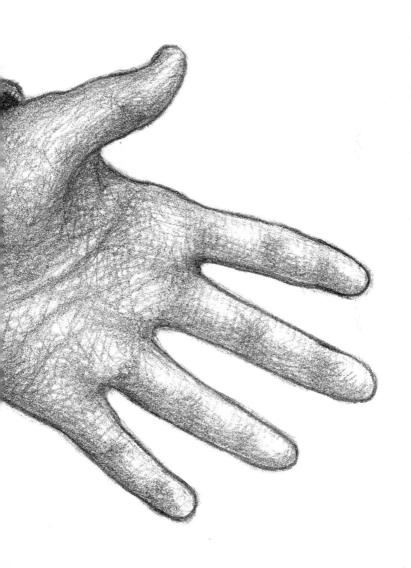

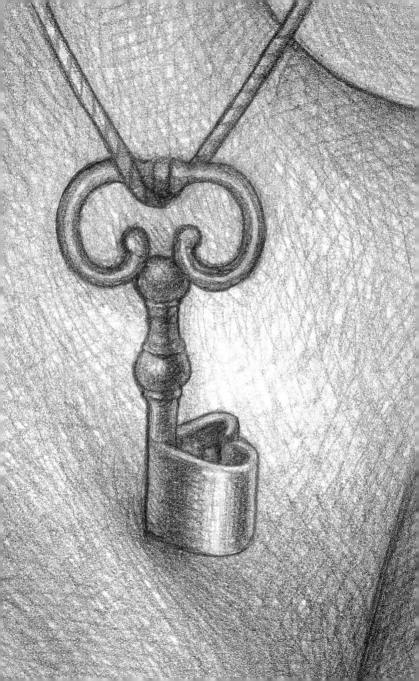

Hugo aide Isabelle à se relever sans pouvoir détacher les yeux de la clé qu'elle porte au cou. Elle s'en aperçoit, la glisse sous sa robe.

– Où as-tu trouvé cela ? murmure Hugo.

– Dis-moi d'abord où tu habites.

Silence. Ni l'un ni l'autre ne pipe mot.

Et, sans prévenir, Isabelle se remet à courir tandis qu'il se lance à sa poursuite. À bout de souffle, elle finit par s'arrêter et s'asseoir à une table de café. Hugo fait de même. Un pigeon de la gare se dandine jusqu'à eux pour picorer des miettes à leurs pieds.

– Pourquoi tu t'intéresses tellement à ma clé ? demande Isabelle.

– Où l'as-tu trouvée ?

Une locomotive à vapeur lâche un sifflement strident qui noie un instant tous les bruits de la gare. Comme à chaque fois, Hugo sursaute. Les deux enfants restent à se dévisager jusqu'à ce que le patron du café les chasse. Ils se quittent sans un au revoir.

10

Le carnet

LE LENDEMAIN, HUGO EST EN RETARD au kiosque à jouets. Il passe la main dans ses cheveux sales en désordre et se frotte les yeux.

En le voyant approcher, le vieux marchand pose ses cartes et se lève, le visage cramoisi.

Il se précipite sur le garçon comme un train emballé, le saisit par le bras et murmure avec colère :

– Rends-le-moi.

– Quoi ? s'étonne Hugo, sous le choc.

– De quel droit as-tu osé t'introduire chez moi en cachette ?

– Mais… de quoi parlez-vous ? bredouille Hugo.

– Où est-il ? Où est le carnet ? Comment es-tu entré chez moi ? Tu es vraiment bien sot ! Je comptais te le rendre, ce carnet. Je te donne une chance, et qu'est-ce que tu fais ? Tu me remercies par de nouveaux larcins et des mensonges. Je t'ai vu chaparder des pièces et je n'ai pas bronché. Tu nettoyais la boutique, tu réparais les jouets, tu te rendais utile. Dieu me pardonne, j'appréciais même ta compagnie ! Et voilà que tu rentres chez moi pour voler ! Je m'étonne que tu aies le toupet de te montrer. Tu m'as beaucoup déçu.

Le vieux se met à tousser. Il se couvre la bouche en lui montrant la porte de sa main libre.

Au même moment, par-dessus l'épaule du vieillard, Hugo aperçoit Isabelle, dont la tête vient d'apparaître derrière le comptoir. Elle se redresse, passe devant l'entrée du kiosque en levant légèrement un bras.

Elle tient le carnet.

– Laissez-moi au moins dire au revoir à Isabelle, supplie Hugo.

La fillette cache aussitôt l'objet derrière son dos.

– Non ! gronde le vieux en s'essuyant la bouche. Va-t'en !

Mais Hugo l'ignore et court vers la fillette.

– Je t'avais dit qu'il n'était pas brûlé, lui souffle-t-elle. C'est quoi, ces dessins ?

– Je t'avais dit de ne pas l'ouvrir. Rends-le-moi.

– Non.

Elle range le carnet dans sa poche et garde la main dessus tandis qu'Hugo jette un coup d'œil en arrière. Le vieux marchand fonce droit sur lui. Sans crier gare, le garçon saute au cou d'Isabelle et la serre dans ses bras. Elle en reste bouche bée.

– Lâche-la ! ordonne le vieillard, au moment d'agripper le garçon.

Hugo lui échappe et s'enfuit le long de la galerie sans se retourner.

11

Objets volés

LES YEUX NOYÉS DE LARMES, Hugo se faufile parmi la
foule et gagne les couloirs de service derrière les murs
de la gare. En hâte, il retourne dans sa chambre, ferme
la porte derrière lui et allume des bougies. Impatient
et inquiet, il dégage les cartons pour sortir l'homme
mécanique de sa cachette.

Il a été bien occupé pendant la dernière semaine.
Il a terminé de restaurer l'automate. Il a réparé les
pièces cassées, soigneusement débloqué les parties
rouillées pour leur rendre leur mobilité ; il lui a cousu
un nouveau costume, l'a poli et en a huilé les rouages.

L'homme mécanique tient un porte-plume neuf avec une plume taillée dans du métal, le tout confectionné par Hugo.

Il approche une chandelle de l'automate.

Au milieu du dos, il y a un trou en forme de cœur cerclé d'argent.

Depuis qu'il s'est enfui du kiosque à jouets, Hugo n'a pas desserré son poing gauche, qui s'ouvre lentement, comme une fleur.

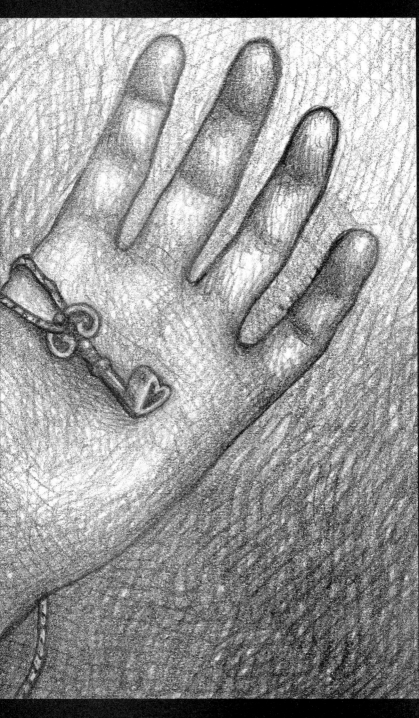

Hugo jette un coup d'œil au livre posé près de son lit. *Manuel pratique de magie, cartes et illusions.* Il l'a étudié avec attention, a appris presque tous les tours qui y sont décrits et s'est découvert un certain talent. Avec de bonnes instructions, le don qu'il possède pour la mécanique s'adapte parfaitement à la prestidigitation. Hugo comprend à présent le lien entre l'horlogerie et la magie dont lui parlait son père. C'est plus que la connaissance des machines, c'est de la dextérité, un don qui réside dans ses doigts, comme s'ils savaient d'eux-mêmes comment faire. Les doigts d'Hugo sont capables de choses surprenantes. Grâce à eux, il peut faire flotter des cartes, transformer des billes en souris, déchirer une feuille de papier en la laissant intacte. Plus important encore, il a découvert qu'en prenant Isabelle dans ses bras pour lui dire au revoir, il a su lui subtiliser son pendentif sans qu'elle s'en rende compte.

12

Le message

Les mains d'Hugo tremblent.

Il a réussi à réparer l'homme mécanique, il ne lui manquait que la clé, disparue dans l'incendie du musée ; celles qu'il a trouvées dans la gare et sur les jouets du kiosque ne correspondaient pas. Un coup d'œil sur la clé qu'Isabelle portait en pendentif lui a suffi pour savoir que c'était la bonne. À présent, elle est en sa possession.

Il l'insère dans le trou en forme de cœur au dos de l'automate.

Comme il s'en doutait, la clé s'adapte parfaitement.

C'est le grand moment, il ne se tient plus. Enfin, il va récupérer le message tant attendu !

Il commence tout juste à remonter l'automate lorsque la porte se met à trembler et s'ouvre. Hugo n'a pas le temps de cacher l'homme mécanique, pas même le temps de crier. Une silhouette noire se jette sur lui, le renverse et lui tombe dessus. La tête du garçon heurte douloureusement le plancher.

– Tu m'as volé ma clé !

– Qu'est-ce que tu fais ici ? C'est interdit ! hurle Hugo.

– Pourquoi tu m'as volé ma clé alors que je t'aidais ? J'ai retrouvé ton carnet, j'allais te le donner ! Je voulais juste que tu promettes de m'en parler. Je devrais le brûler, tiens !

– Sors d'ici ! crache Hugo au visage d'Isabelle. Tu gâches tout ! Et pousse-toi, tu m'écrases !

Rassemblant toutes ses forces, il l'écarte, se relève, et la tire jusqu'à la porte pour se débarrasser d'elle.

Isabelle ne se laisse pas faire et, bientôt, elle l'a de nouveau renversé et s'agenouille sur lui pour le maintenir au sol. Il laisse échapper un cri de douleur. Elle lui plaque les bras contre le plancher. Tous deux halètent sous l'effort.

– C'est quoi, cet endroit ? demande-t-elle. *Qui es-tu ?*

La lueur des chandelles se reflète dans ses yeux noirs farouches.

– C'est un secret ! Je ne peux pas te le dire.

– Ce n'est plus un secret, puisque je suis là. Et maintenant tu vas me dire ce que c'est que cet endroit.

Elle ponctue sa remarque d'un coup de genou qui lui fait mal.

– C'est ici que j'habite, réplique Hugo, venimeux.

La fillette ne relâche pas sa prise.

– C'est ce que tu voulais savoir, non ? À présent, tu sais.

– Pourquoi te croirais-je ? Tu es un menteur et un voleur, objecte-t-elle plus calmement. Où est ma clé ?

Dans la pénombre de la pièce, elle n'a pas encore vu l'homme mécanique pourtant proche d'eux. Hugo se démène en vain pour se libérer. Enfin, elle regarde autour d'elle, puis se relève pour examiner l'automate de plus près, mais elle serre toujours l'un des poignets d'Hugo.

– C'est ce qui était dessiné dans ton carnet, observe-t-elle en reportant son attention sur lui. Qu'est-ce que c'est que ce truc ?

Dans la tête du garçon, les rouages imaginaires se mettent en mouvement.

– Mon père l'a construit avant de mourir, ment-il.

– Pourquoi ma clé s'adapterait-elle à la machine de ton père ? Cela ne tient pas debout.

Hugo n'avait pas réfléchi à cela.

– Je ne sais pas, bredouille-t-il. Seulement, quand je l'ai vue, j'étais sûr qu'elle conviendrait.

– Alors, tu me l'as volée.

– Je ne voyais pas d'autre moyen de l'obtenir.

– Tu aurais pu *demander*.

De sa main libre, elle écarte les cheveux de son visage et examine l'automate.

– Qu'est-ce qui se passe quand tu le remontes ?

– Aucune idée. Jusque-là, je n'avais pas la clé.

– Eh bien, ne reste pas planté là ! Remonte-le.

– Non.

– Comment ça, non ?

– Je… Je voudrais être seul pour le mettre en marche.

Isabelle le dévisage, à l'évidence exaspérée. Elle libère le poignet d'Hugo, l'écarte d'une bourrade, saisit la clé et lui donne plusieurs tours.

– Attends ! s'écrie-t-il avec un temps de retard. Il lui faut de l'encre !

Il se précipite pour prendre une petite bouteille, la débouche et verse un peu de liquide dans le minuscule encrier de l'automate.

Les deux enfants observent, fascinés, tandis qu'à l'intérieur du mannequin les rouages cliquettent et tournent. Le cœur battant, Hugo ne se soucie plus de la présence d'Isabelle. Peu lui importe qu'elle soit là, seul compte le message.

Des mécanismes minutieusement conçus déclenchent une série d'actions à travers l'automate. La clé resserre un ressort relié à une série d'engrenages qui descendent dans le pied de la machine. Là, le dernier entraîne des disques de laiton au bord taillé avec précision. Deux petites pièces en forme de marteau frappent les roues dentées qui tournent. Le mouvement imprimé par les marteaux se transmet à un ensemble de tiges mobiles situées dans le torse du mannequin. Ces tiges, qui tournent en silence, activent d'autres mécanismes dans l'épaule et le cou. Le mouvement se communique de l'épaule au coude, puis du coude au poignet, et enfin à la main. Ouvrant de grands yeux émerveillés, Hugo et Isabelle voient la main miniature de l'automate remuer…

Ils retiennent leur souffle. L'homme mécanique trempe sa plume dans l'encrier et se met à écrire.

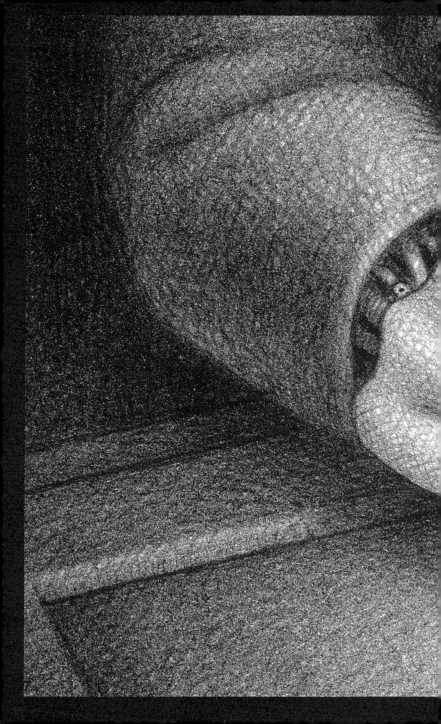

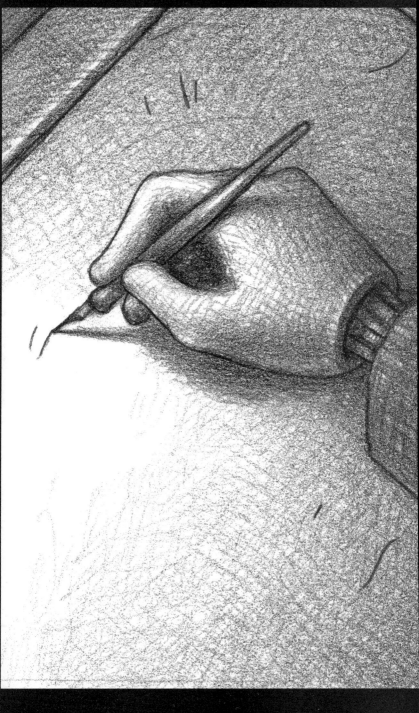

Les deux enfants tentent désespérément de lire, mais il n'y a pas de lettres, pas de mots, pas de phrases, juste des traits tracés au hasard, pas même reliés entre eux. L'automate n'écrit rien du tout.

Frustré, Hugo manque de lui arracher le porte-plume. La machine n'est pas réparée. Il a sans doute négligé un détail, il a échoué.

– Donne-moi le carnet, ordonne-t-il à Isabelle.

Surprise par le ton impérieux de sa voix, elle fouille dans sa poche et le lui tend. Il s'en empare aussitôt et se hâte de faire ce qu'il brûle de faire depuis longtemps : comparer son travail avec les croquis de son père.

Un examen rapide lui apprend que tout est correct. La machine devrait fonctionner.

Soudain, il se sent bien sot de s'être cru capable de restaurer l'automate, et plus encore d'avoir imaginé qu'il lui transmettrait un message de son père.

Tant d'efforts pour rien !

Hugo en est brisé.

Il se réfugie dans un coin sombre de la pièce, pose le carnet sur une étagère et se prend la tête dans les mains.

L'homme mécanique ne s'arrête pas pour autant.

Il continue de tremper sa plume dans l'encrier, de tracer des traits sur le papier. Isabelle reste où elle était, à regarder les marques s'accumuler sur la feuille, les unes après les autres. Les mouvements de l'automate sont si réalistes qu'il tourne même la tête vers l'encrier pour y tremper sa plume.

Puis il se produit une chose incroyable.

Isabelle laisse échapper un cri. Hugo se redresse et court la rejoindre.

Il comprend au premier coup d'œil. L'homme mécanique ne griffonne pas au hasard. Les traits se rejoignent, prennent forme, comme lorsqu'on fait une mise au point sur un objet lointain encore indistinct.

Il n'écrit pas, il *dessine*!

Et Hugo reconnaît l'image que l'automate a créée. Il en a la chair de poule.

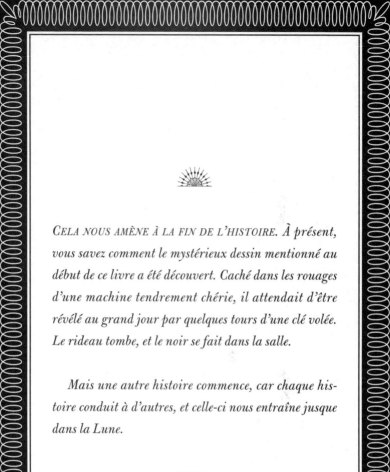

CELA NOUS AMÈNE À LA FIN DE L'HISTOIRE. À présent, vous savez comment le mystérieux dessin mentionné au début de ce livre a été découvert. Caché dans les rouages d'une machine tendrement chérie, il attendait d'être révélé au grand jour par quelques tours d'une clé volée. Le rideau tombe, et le noir se fait dans la salle.

Mais une autre histoire commence, car chaque histoire conduit à d'autres, et celle-ci nous entraîne jusque dans la Lune.

DEUXIÈME PARTIE

1

La signature

PRÈS DE L'HOMME MÉCANIQUE, Hugo tremble d'émotion. Il a reconnu le dessin, bien sûr ! C'est la scène que son père lui a décrite, la scène tirée de son film préféré lorsqu'il était enfant. Hugo ne s'est donc pas trompé. Mais quel est le sens du message de son père ?

Les enfants s'aperçoivent alors que l'automate n'a pas fini. Il semble s'être interrompu pour réfléchir. Hugo le regarde tremper sa plume dans l'encre une fois de plus. La main se remet en position… et signe le dessin.

Georges

– C'est le nom de Papi Georges ! s'exclame Isabelle, éberluée. Pourquoi la machine de ton père signe-t-elle du nom de Papi Georges ?

Elle fixe Hugo, d'abord incrédule, puis furieuse :

– Tu m'as menti. Ton père n'a pas fait cette machine.

Hugo regarde droit devant lui. Il ne comprend plus rien.

– Tu m'écoutes, Hugo ? Cette machine n'était pas à ton père, hein ?

– Si, répond-il dans un souffle.

– Alors, pourquoi elle signe du nom de Papi Georges ? Pourquoi est-ce que *ma* clé permet de la remonter ?

– Je ne sais pas.

– Tu es un menteur ! s'emporte Isabelle. Tu as volé l'automate quelque part ! Tu l'as volé à Papi Georges ! Et le carnet ne t'appartient sans doute pas davantage. Tu as dû le voler aussi !

– Je ne l'ai pas volé.

– Menteur !

– C'était le carnet de mon père, les dessins sont de lui.

– Je ne crois pas un mot de ce que tu dis, Hugo.

Elle ôte la clé du dos de l'automate, remet la chaîne qui y était attachée à son cou et ramasse le dessin sur le bureau miniature.

– Qu'est-ce que tu fais ? proteste Hugo en lui prenant le papier des mains. Donne-moi ça !

– Il y a le nom de mon parrain dessus.

Ils se disputent la feuille, chacun tirant de son côté jusqu'à ce qu'elle se déchire. Après un moment de silence surpris, Isabelle se redresse et se dirige vers la porte avec sa moitié du dessin.

Hugo empoche la sienne et, laissant l'homme mécanique au milieu de la pièce, il s'élance derrière elle en criant :

– Où vas-tu ?

– Demander des explications à Mamie Jeanne. Et arrête de me suivre !

Les enfants traversent en courant la gare presque déserte à cette heure tardive. Le vieux marchand de jouets n'a pas encore fermé sa boutique, et Isabelle presse l'allure pour rentrer avant lui.

– Va-t'en, Hugo Cabret ! lance-t-elle par-dessus son épaule.

Sans la lâcher d'une semelle, Hugo songe qu'il aurait dû ranger l'homme mécanique dans sa cachette. Il aurait dû aussi entretenir les horloges, mais il est trop tard pour s'en préoccuper. Reste à espérer que, sa journée terminée, l'inspecteur de sécurité est déjà parti.

Ils se poursuivent ainsi le long des rues obscures, coupent à travers le cimetière et débouchent devant la maison d'Isabelle.

– Dis-moi au moins où tu as pris cette clé ! s'écrie Hugo.

– Non !

– Tu l'as trouvée, ou c'était un cadeau ?

Il la rattrape, l'empoigne par les épaules pour la tourner face à lui. Ils s'affrontent du regard.

– Laisse-moi tranquille, Hugo !

Elle le repousse et ouvre la porte de l'immeuble. Il agrippe le battant d'une main pour le maintenir ouvert.

– Lâche ! ordonne-t-elle en poussant dessus de toutes ses forces.

Et la porte se referme sur les doigts d'Hugo. Il y a un craquement inquiétant. Le garçon hurle de douleur. Isabelle hurle, elle aussi, et rouvre aussitôt.

– Qu'est-ce qui se passe, en bas ? demande la marraine d'Isabelle depuis le palier.

– Tu aurais dû enlever ta main, chuchote cette dernière.

– Isabelle ? Qu'est-ce que tu fabriques ? À qui parles-tu ?

En le voyant soutenir sa main blessée, la fillette n'a plus le cœur d'écarter Hugo. Elle agite la tête et le laisse monter avec elle. Il pleure à chaudes larmes sans même s'en rendre compte. Avant d'entrer dans l'appartement, Isabelle ôte ses souliers et aide Hugo à faire de même.

– Pas de chaussures dans la maison, souffle-t-elle. Et pas un mot de l'homme mécanique ni de la clé. Je l'interrogerai quand nous serons seules.

– Qui est ce garçon ? s'enquiert la marraine en serrant la broche d'argent à son cou.

– Il s'appelle Hugo Cabret, Mamie Jeanne.

– C'est lui qui travaille pour Papi Georges ? Qui lui volait des pièces ?

– Il s'est pris les doigts dans la porte, en bas.

– Qu'est-ce qu'il faisait ici ?

Isabelle n'a pas le temps de répondre que la vieille entraîne déjà Hugo dans la chambre.

– Viens, petit. Je vais regarder ça à la lumière.

Elle écarte les chaussettes qu'elle reprisait, l'assied sur une chaise près d'une grande armoire de bois et de la lampe, prend sa main blessée et tente de redresser les doigts. De nouveau, Hugo pousse un cri.

– Tu ne t'es pas raté, mon garçon !

Elle disparaît quelques instants, revient avec des glaçons enveloppés dans une serviette de table, qu'elle tend à Hugo.

– Mets ça sur tes doigts. Isabelle ? Je croyais que tu rentrais avec Papi Georges ?

Hugo en veut toujours à la fillette de ne pas avoir avoué à son parrain que c'est elle qui a dérobé le carnet. Et, comme elle lui a aussi écrasé la main, il estime qu'elle devrait au moins se confier à sa marraine. Mais elle se tait, se contente de le regarder. Avec une grimace de douleur, il pose la compresse de glace en équilibre sur ses doigts meurtris. De sa main libre, il tire de sa poche sa moitié de dessin et déclare :

– Nous avions des questions à vous poser…

– Pas maintenant, Hugo ! Pas maintenant ! proteste Isabelle.

Trop tard. La vieille a déjà pris la feuille déchirée.

– Où avez-vous déniché cela, les enfants ? murmure-t-elle d'une voix éteinte.

– Donne-lui l'autre moitié, Isabelle, ordonne Hugo.

À regret, la fillette fouille dans sa poche pour en sortir le reste du dessin.

Tenant les deux moitiés de page, Mamie Jeanne regarde tour à tour le papier et les enfants.

– Un automate a fait le dessin, explique Hugo.

– Impossible, balbutie la vieille femme, les larmes aux yeux. Je ne comprends pas.

– L'automate est chez moi.

– Parce que tu l'as volé, objecte Isabelle.

– L'automate est *chez toi* ? répète sa marraine. Mais enfin… comment ?

– Je l'ai trouvé.

– Trouvé où ?

– Dans les décombres après l'incendie du musée, répond Hugo. Je l'ai réparé avec des pièces prises dans le magasin de votre mari. Et je l'ai remonté avec la clé d'Isabelle.

– Quelle clé ?

La fillette devient blême.

– Quelle clé, Isabelle ? insiste sa marraine.

Lentement, Isabelle porte la main à son cou et tire sur la chaînette, révélant la clé.

– Ma clé ! s'écrie sa marraine. Je pensais l'avoir perdue !

Les yeux d'Isabelle se brouillent de larmes.

– Je suis désolée…

– Tu l'as volée ? s'étonne Hugo.

– C'est la seule chose que j'aie jamais prise, je te le jure. Je la trouvais jolie, Mamie Jeanne. S'il te plaît, ne te fâche pas. Je ne savais pas que tu y tenais.

– Dieu du ciel ! Me voilà entourée de voleurs !

La vieille femme relève ses cheveux et s'essuie les yeux. Elle pose les deux moitiés du dessin, qu'Hugo se

hâte de récupérer, puis elle lisse sa robe. Elle est de nouveau maîtresse d'elle-même :

– Emporte ce dessin, petit, que je ne le voie plus. Ce
n'est pas le moment de réveiller le passé. Et toi, Isabelle,
cache cette clé sous ta robe et prends-en grand soin.

Elle essuie une dernière larme tandis que la fillette
dissimule son trésor en souriant.

– Je vous en prie, madame, dites-nous de quoi il s'agit,
supplie Hugo.

– Non. Je ne vous dirai qu'une chose : j'ai pour
devoir de protéger mon mari. Et le meilleur moyen, c'est
d'oublier tout cela. De ne plus jamais en parler. Vous
pouvez me croire sur parole.

2

L'armoire

DE LA CHAMBRE OÙ ILS SE TROUVENT, ils entendent la
porte de l'appartement s'ouvrir. Le vieux toussote en
entrant.

– Il ne doit pas savoir que tu es là, souffle son
épouse à Hugo. Tiens-toi tranquille, laisse-le dîner
en paix, je l'enverrai ensuite dans la salle de bain
sous un prétexte quelconque, et tu en profiteras pour
t'éclipser. Je ne veux pas vous entendre, tous les deux,
c'est compris ?

Avant de sortir, elle jette à l'armoire un coup d'œil
furtif qui n'échappe pas aux enfants. Dès qu'elle a

refermé la porte, Hugo et Isabelle se consultent en silence, puis Hugo dit :

– Tu as vu comme elle a regardé l'armoire ? Je suis sûr qu'il y a quelque chose dedans.

– Il n'y a rien. Je l'ai fouillée en cherchant ton carnet.

– Fouille encore.

– Je n'ai pas d'ordre à recevoir de toi, réplique Isabelle.

Cependant, après réflexion, elle sort une épingle à cheveux de sa poche et, en quelques secondes, elle a crocheté la serrure de l'armoire.

Une fois de plus, elle passe en revue les manteaux et les vestes, les draps et les vêtements pliés sur les étagères accessibles. Elle prend la chaise d'Hugo et grimpe dessus pour examiner celles du haut, sans résultat. Tandis qu'il l'observe, le garçon est frappé par un détail curieux. Au sommet de l'armoire, il y a un panneau décoratif avec une fine rainure de chaque côté. Du doigt, il le montre à Isabelle. Elle lève le bras pour en frapper le bois, qui rend un son creux. Au prix d'un effort, elle parvient à agripper les bords du panneau et à le dégager.

Isabelle pousse un grand cri et laisse échapper le coffre. Elle se retrouve par terre, le coffre lui tombe sur le pied, se brise et répand son contenu tandis qu'elle hurle de nouveau. Des centaines de papiers de formes et de tailles diverses volent en tous sens. Au fond du coffre, il y a aussi une sorte de fine couverture décorée avec des lunes et des étoiles. Elle est très ancienne, élimée, poussiéreuse.

La porte de la chambre s'ouvre à la volée.

– Isabelle! s'écrie sa marraine en se précipitant vers la fillette.

Figé dans l'encadrement de la porte, le vieux marchand de jouets fixe les dessins.

– Les enfants, pourquoi ? Pourquoi, grand Dieu ? gémit son épouse. Toi, Hugo, ramasse ces dessins et enferme-les dans l'armoire. Allons, vite ! Toi, Isabelle, viens avec moi. Georges, retourne à la cuisine !

Hugo empoche la clé qu'elle lui tend et entreprend de rassembler les papiers de sa main valide. Il les tient comme des objets précieux, des diamants. Il y a des feuilles détachées, de petites brochures reliées à la main. Les bords des dessins sont jaunis, cassants, mais ils sont tous beaux, et tous de Georges Méliès.

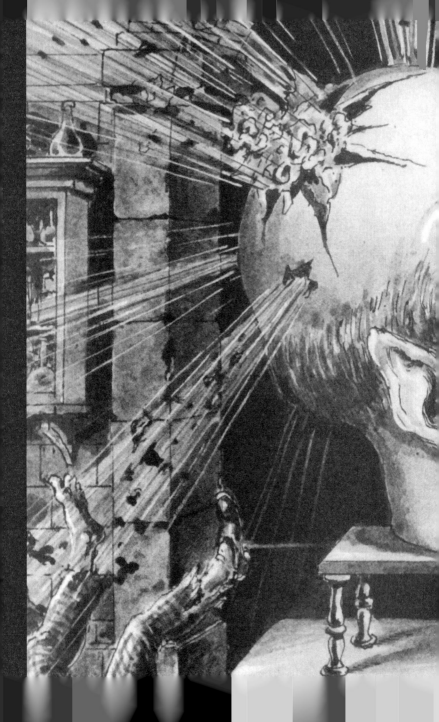

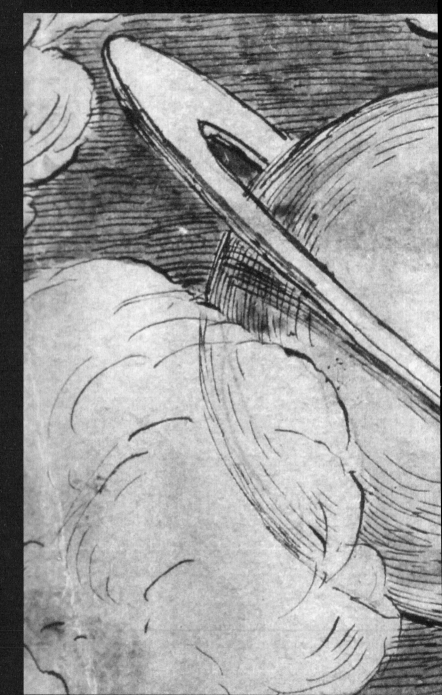

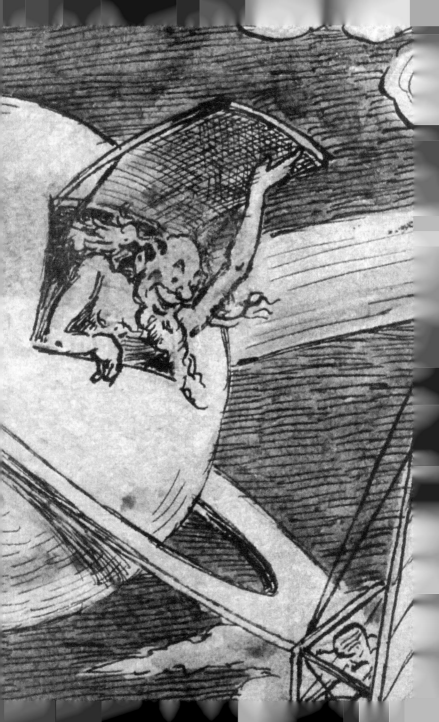

– Non, marmonne le vieillard. Non. Non. Non. Non ! Non !

Sa voix va crescendo, il se met à tousser, puis il se couvre les yeux de ses mains.

– Qu'est-ce que c'est que ça ? D'où viennent ces dessins ? Qui me joue ce vilain tour ?

– Sors de cette pièce, Georges ! s'écrie la vieille femme, qui soutient Isabelle.

Son mari se jette sur les papiers, les prend par poignées, se met à les déchirer. D'instinct, les enfants lui agrippent les bras. Hugo souffre de sa main blessée, Isabelle, de son pied qu'elle craint fracturé, mais ils tentent désespérément d'empêcher le vieux de détruire son œuvre.

– Arrête, Georges ! Arrête ! hurle sa femme. C'est ton travail !

– Allons donc ! s'exclame le vieillard. Impossible ! Je ne suis pas un artiste ! Je ne suis rien. Rien qu'un misérable marchand, un prisonnier ! Une coquille vide ! Un jouet mécanique !

Profitant de ce qu'il est distrait par sa femme, Hugo et Isabelle se hâtent de rassembler les dessins, qu'ils rangent dans l'armoire pour les y enfermer à clé.

Penché au-dessus du lit, le visage dans les mains, le vieux pleure à présent, en répétant le mot « non ».

Puis, tandis que les enfants s'éloignent de lui, il se met à marmonner en sanglotant :

– Une boîte vide, un océan à sec, un monstre égaré, rien, rien, rien…

La vieille l'entoure de ses bras et l'aide à se mettre au lit. Doucement, elle lui pose la tête sur l'oreiller et remonte les couvertures sous son menton. Les yeux ruisselants de larmes, elle caresse sa joue pâle et rugueuse jusqu'à ce que sa respiration s'apaise et qu'il s'endorme.

– Je suis désolée, Georges, souffle-t-elle en effleurant son front d'un baiser.

Elle éteint la lampe, s'assied au chevet de son mari et dit en lui pressant la main :

– Je suis désolée, pardonne-moi.

3

Le plan

SOUTENUE PAR HUGO, ISABELLE quitte la chambre à cloche-pied. Il lui prépare une compresse de glace, et ils s'installent à la table de la cuisine pour soigner leurs blessures en silence.

Enfin, la marraine de la fillette les rejoint.

– Ce sont vraiment les dessins de Papi Georges ? demande celle-ci. Pourquoi on ne m'a pas dit qu'il était artiste ?

– Chut, Isabelle. Comment va ton pied ?

– Il me fait mal.

– Et ta main, Hugo ?

Il hausse les épaules.

– Voilà la maison transformée en hôpital, dit la vieille en agitant la tête.

Elle tente de rire, mais le cœur n'y est pas. Elle s'assied avec eux et se met à pleurer.

– Je ne comprends pas, reprend Isabelle. Pourquoi tous ces dessins étaient-ils cachés dans l'armoire ? Pourquoi Papi Georges était-il si bouleversé en les voyant ?

– Ça suffit, Isabelle. Tu as fait assez de dégâts comme ça. Papi Georges a de la fièvre. Dieu sait quand il se remettra. Je n'ai plus rien à te dire. Tu as volé ma clé, crocheté la serrure de mon armoire, tu ne vaux pas mieux que ce petit voleur d'Hugo. Je veux que vous cessiez de vous voir, tous les deux. Hugo, tu peux rester jusqu'à demain matin. J'appellerai le médecin pour qu'il vous examine, Isabelle, toi et Georges, et après tu t'en vas.

Elle fait des bandes de fortune en déchirant une pièce de tissu, puis elle panse la main d'Hugo et le pied d'Isabelle dans des bandages serrés.

– Je suis désolée, Mamie Jeanne ! S'il te plaît, ne sois pas fâchée. Nous voulions juste…

– Chut. C'est l'heure d'aller au lit. Tu dormiras sur le canapé, Hugo. Viens, Isabelle, tu t'appuieras sur moi jusqu'à ta chambre.

Sur le canapé, Hugo ne dort pas. Dès qu'Isabelle et sa marraine se sont retirées pour la nuit, un plan a germé dans son esprit. À pas de loup, il va jusqu'aux crochets près de la porte. Le manteau du vieux y est suspendu. Il en fouille les poches, entend un léger tintement et trouve ce qu'il cherchait. Muni du trousseau de clés, il quitte la maison et regagne la gare.

Il se rend droit au kiosque à jouets, s'assure que personne ne l'observe, puis il essaie les clés une à une jusqu'à trouver la bonne. Sitôt le magasin ouvert, il entre et examine le contenu des tiroirs, retourne les papiers du vieux marchand. En vain. Il espérait dénicher dans la boutique un document quelconque qui l'aiderait à percer le secret que gardait la femme du vieux, un indice qu'il n'aurait pas remarqué.

En revanche, Hugo découvre une curiosité enveloppée dans un chiffon, tout au fond d'un tiroir.

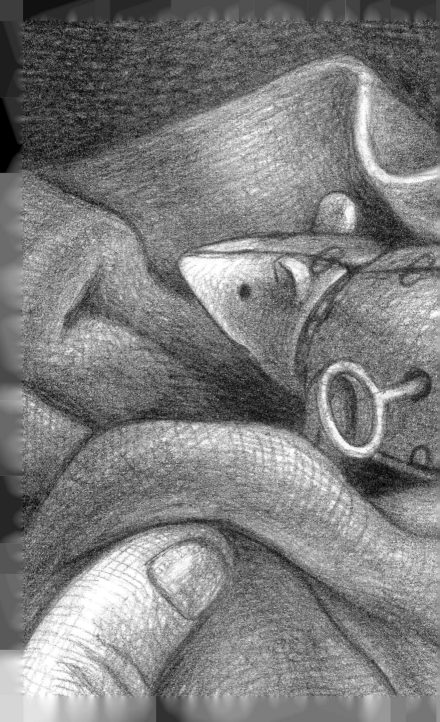

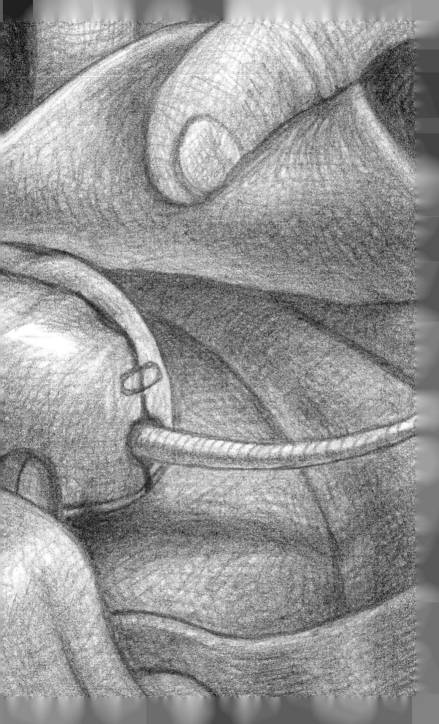

Hugo se demande pourquoi le vieux marchand a gardé la souris bleue. Il la croyait vendue depuis long-temps. Heureux qu'il ait conservé le jouet, le garçon se surprend à sourire en le retournant entre ses mains. Il pense aux minuscules mécanismes qui le composent, aux autres jouets qu'il a dérobés pour pouvoir restaurer l'automate. Jamais il ne s'est étonné de ce que les pièces du vieux s'adaptent si bien à l'homme mécanique.

Hugo range la souris dans son chiffon et la remet au fond du tiroir. Il s'apprête à partir quand il aperçoit un des livres d'Isabelle dans un coin du kiosque. Et soudain il a une idée.

De retour dans sa chambre, il est soulagé de consta-ter que l'automate est toujours au centre de la pièce. Grimaçant de douleur, il parvient à le traîner dans son alcôve malgré sa main blessée. Il le recouvre d'un vieux morceau de toile et remet les cartons devant pour le cacher. Lorsqu'il a terminé, il regarde son seau à outils sur l'étagère, et son cœur s'accélère. Il vient de se rendre compte que, blessé à la main droite, il est en bien fâcheuse posture, incapable désormais d'entretenir les horloges. Bientôt, elles se détraqueront, l'inspecteur de sécurité enquêtera, et c'en sera fini.

Il s'étend sur son lit, sa main bandée sur la poitrine. Des images se mettent à défiler dans sa tête…

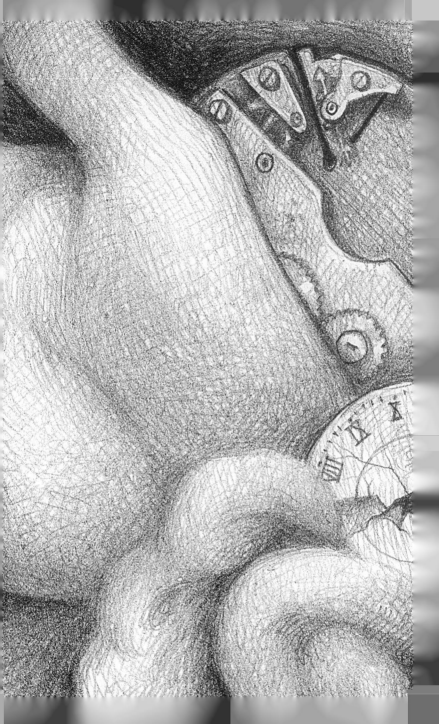

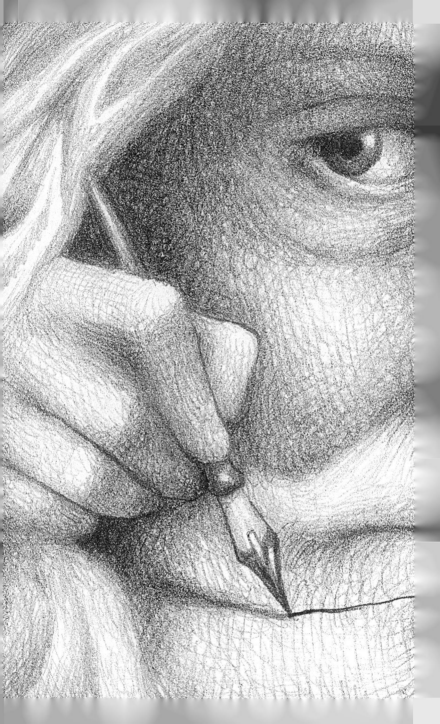

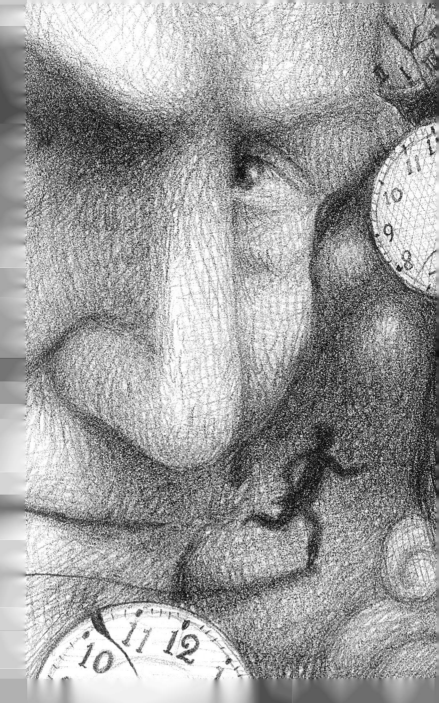

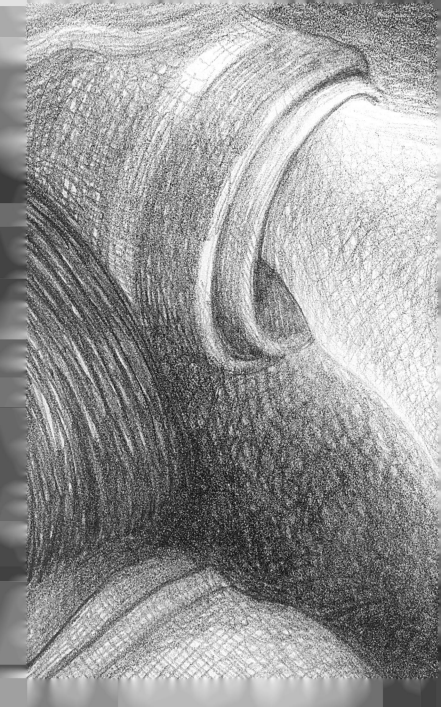

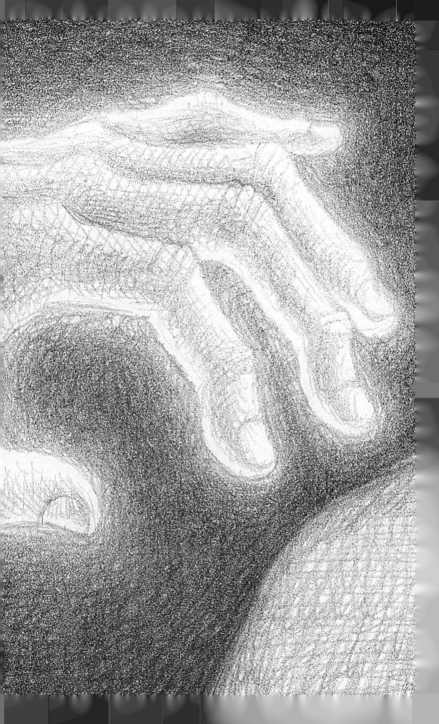

Hugo voit les doigts blancs et crochus de l'inspecteur de sécurité se tendre vers lui, se transformer en de longues serres aiguisées et l'agripper violemment par le bras. Il se réveille dans un cri. Il s'est endormi sans s'en apercevoir.

Enfin, le jour se lève. Après avoir rassemblé ses outils, il tente d'effectuer sa tournée matinale. Les yeux clos, la tête inclinée de côté, il écoute les horloges. Hélas, sans ses deux mains, il ne parvient pas à les remonter. Il se contente de les huiler, de les observer de son mieux, de comparer d'un œil inquiet l'heure qu'elles affichent à celle de sa montre de cheminot.

Le temps joue contre lui.

Dès que M. Labisse ouvre son magasin, Hugo court à la librairie. La clochette de la porte tinte à son entrée.

– Tu es l'ami d'Isabelle, non ? Qu'est-il arrivé à ta main, petit ?

Hugo la cache derrière son dos :

– Monsieur, j'ai une question à vous poser. J'ai besoin de renseignements. Vous avez des livres sur le cinéma ?

– Possible…

– Sur les tout premiers films ? Mon père en a vu un quand il était petit et il ne l'a jamais oublié. Dedans, il y avait une fusée qui se plantait dans l'œil de la Lune.

Le garçon pense que ce film serait un bon début pour chercher des indices.

– Intéressant, dit M. Labisse en rectifiant sa cravate avant de se lever. Viens, mon garçon.

Hugo le suit jusqu'à une étagère et attend pendant que le libraire examine les titres. Il sort plusieurs gros volumes, en parcourt la table des matières, les referme et les remet en place.

– Non. Non, je n'ai rien sur les tout premiers films. Je suis désolé.

Hugo le remercie et se dirige vers la porte.

Où chercher à présent ? Il plaçait tous ses espoirs dans la librairie.

– Tu auras peut-être plus de chance à la bibliothèque de l'Académie du cinéma, suggère alors M. Labisse.

Hugo se retourne :

– Elle se trouve où ?

M. Labisse lui indique comment s'y rendre, Hugo le remercie et quitte la boutique en courant.

4

L'invention
des rêves

Toujours anxieux à l'idée de quitter la gare, Hugo
prend une grande inspiration et descend l'escalier
qui conduit au vaste réseau du métropolitain, dont
les lignes serpentent sous la ville telles des rivières
cachées.

Hugo pénètre dans le hall, où une petite femme est assise derrière un grand bureau. Il demande à consulter les ouvrages de la bibliothèque. La dame l'examine d'un air réprobateur et lui répond :

– Non.

– Non ?

– Tu es trop jeune et trop sale. Il faut venir accompagné d'un adulte. Au revoir.

Hugo la dévisage, interdit. Il regarde ses mains, ses vêtements, et s'aperçoit qu'il ne s'est pas soucié de son apparence depuis longtemps.

La dame exagère, bien sûr, mais que faire ? Il cherche une solution quand il lui semble entendre son nom :

– C'est toi, Hugo ?

– Étienne ! s'exclame Hugo en courant vers lui. Qu'est-ce que vous faites ici ?

– J'allais te poser la même question.

La petite dame du bureau se retourne vers Étienne :

– Vous connaissez ce gosse répugnant ?

– C'est mon ami Hugo, madame Maurier.

Elle remonte ses lunettes cerclées de noir et décroche le téléphone, qui sonne.

– Je suis désolé que vous ayez perdu votre emploi au cinéma, dit Hugo.

– Tout s'est plutôt bien arrangé. Quand j'ai été mis à la porte, je venais de commencer mes études ici, et l'Académie m'a confié un poste dans les bureaux. Je suis des cours pour devenir cameraman.

Hugo lève les yeux sur le cache d'Étienne, qui lui sourit :

– Avec un cache, c'est en réalité plus facile de regarder dans le viseur de la caméra. Contrairement aux autres, je n'ai pas besoin de fermer un œil.

Étienne tapote son cache de l'index et ajoute :

– Alors, raconte-moi ce qui t'amène.

– J'ai besoin de renseignements à la bibliothèque. Vous pourriez m'aider ?

– Viens avec moi.

Sans un regard pour Mme Maurier, Hugo passe fièrement devant elle en compagnie d'Étienne.

Située au premier étage, la bibliothèque est d'une propreté impeccable, avec ses rangées d'étagères bien ordonnées qui semblent presque intouchables. Au centre trône un grand tableau.

Hugo n'en comprend pas le sens, mais il est frappé par l'image, qui lui plaît.

Étienne aide Hugo à se repérer dans les fichiers du catalogue pour qu'il puisse trouver le livre qu'il recherche. Puis il le conduit devant le rayonnage approprié, se hisse sur la pointe des pieds et sort l'ouvrage, qu'il lui tend. Hugo s'assied par terre et l'ouvre aussitôt. Étienne s'installe près de lui :

– Tu sais, c'est un de mes professeurs qui a écrit ce livre. Tu peux me dire ce que tu veux savoir, maintenant ?

Tout à sa lecture, Hugo n'entend plus. Publié un an plus tôt, en 1930, le volume a pour titre *L'invention des rêves : histoire du cinéma à ses débuts*, et pour auteur, René Tabard.

Le texte commence ainsi :

En 1895, l'un des tout premiers films présentés au public fut L'arrivée d'un train en gare de La Ciotat. *Comme le suggère ce titre, il s'agissait d'un train entrant en gare. Mais quand, à l'écran, le train parut foncer droit vers la salle, les spectateurs se croyant en danger hurlèrent et s'évanouirent. Personne n'avait encore rien vu de tel.*

Hugo feuillette le livre. On y voit des images d'hommes jouant aux cartes, d'ouvriers sortant de l'usine. Chaque cliché provient d'un de ces premiers films.

En tournant les pages, il tombe enfin sur ce qu'il espérait trouver.

Le film préféré de son père s'appelait *Le voyage dans la Lune*.

Le cinéaste Georges Méliès a commencé sa carrière comme prestidigitateur et propriétaire d'un théâtre donnant des spectacles de magie à Paris. Ses liens avec le monde de l'illusion lui ont permis de comprendre très vite ce que l'on pouvait faire avec ce nouveau mode d'expression qu'était le cinéma. Il fut parmi les premiers à démontrer que les films ne reflètent pas nécessairement la réalité. Il ne tarda pas à se rendre compte que le cinéma avait le pouvoir de capturer les rêves. On attribue à Méliès la mise au point du trucage dit de substitution, qui permet de faire apparaître ou disparaître des objets à l'écran comme par enchantement. Et le cinéma en fut transformé à jamais.

Le film le plus célèbre de Méliès, Le voyage dans la Lune, *suivait un groupe d'explorateurs en route pour la Lune, où ils combattaient ses habitants, les Sélénites, avant de rentrer avec un prisonnier et d'être accueillis en héros. Si un jour, dans un avenir lointain, l'homme parvient à se rendre dans la Lune, nous pourrons remercier Georges Méliès et le cinéma de nous avoir ouvert la voie en prouvant que, si nos rêves sont assez ambitieux, tout devient possible. Hélas, Georges Méliès est mort peu après la Grande Guerre, et la plupart de ses films, sinon tous, ont disparu.*

– Mort ? Il n'est pas mort…, dit Hugo à haute voix.

– De qui parles-tu ? demande Étienne, qui lit par-dessus son épaule.

– De Georges Méliès. Il tient le kiosque à jouets de la gare.

Étienne éclate de rire.

– Je ne plaisante pas, proteste Hugo. C'est même le parrain d'Isabelle.

5

Papi Georges faisait des films

UN PEU PLUS TARD, HUGO RENTRE chez lui avec le livre sous le bras. Étienne s'est arrangé pour qu'il puisse l'emprunter à la bibliothèque. Hugo le lit et le relit, en particulier le passage consacré à Georges Méliès. Il regarde longuement la tête de la Lune. Soudain, on frappe très fort à sa porte.

– Hugo ? C'est moi, Isabelle !

Il se précipite pour lui ouvrir. Le pied bandé, elle

marche avec des béquilles et tient sa lampe de poche à la main.

– Qu'est-ce que tu veux ? Je m'étonne que tu aies fait tout ce chemin avec des béquilles !

– Ils me croient endormie. Cela m'a pris un moment de sortir par la fenêtre et de venir jusqu'ici.

Ils s'asseyent côte à côte sur le lit, et Isabelle fond en larmes.

– Pourquoi tu pleures ? s'enquiert Hugo.

– Je regrette de t'avoir claqué la porte sur les doigts, de ne pas avoir avoué à Papi et Mamie que j'avais volé le carnet. J'étais furieuse contre toi parce que tu m'avais pris ma clé.

– Que tu avais volée aussi…

Ignorant la remarque, Isabelle poursuit :

– Et maintenant Papi Georges est très malade. Il souffre d'une forte fièvre et il délire. Il marmonne des paroles étranges comme « un oiseau sans ailes, un immeuble en feu, un éclat de bois, une mouche, un grain de sable… ». Je m'inquiète pour lui, je ne l'ai jamais vu malade. Et s'il allait mourir ?

– Il ne mourra pas, déclare Hugo.

– Tu n'en sais rien ! C'est Papi Georges qui nous nourrit. Que deviendrions-nous sans lui ? Mamie Jeanne a appelé le médecin. Il a bandé mon pied et prescrit des médicaments pour Papi Georges, mais le kiosque est fermé, nous n'avons pas d'argent pour les acheter. Pas d'argent du tout.

– Ça va s'arranger, ne t'en fais pas. D'abord, je voudrais te montrer quelque chose.

Hugo lui tend le livre qu'il a emprunté à l'Académie du cinéma et l'ouvre à la page de l'image avec la fusée dans l'œil de la Lune.

– Mais… c'est ce qu'a dessiné la machine ! s'exclame Isabelle, éberluée.

– Lis…

Et Isabelle lit le chapitre sur son parrain.

– Ça par exemple ! Papi Georges *faisait des films* ? Pourtant, il ne veut pas que j'aille au cinéma…

– Mon père a vu ce film quand il était petit, dit Hugo en désignant le cliché tiré du *Voyage dans la Lune*. Il m'a décrit cette scène. Je l'ai reconnue tout de suite quand l'automate l'a dessinée.

Hugo lui raconte sa visite à l'Académie du cinéma et sa rencontre avec Étienne.

Isabelle pose le volume et étend sa jambe :

– Pourquoi Papi Georges a-t-il cessé de tourner des films ? Comment il a fini dans la gare ? Pourquoi personne ne m'a jamais parlé de ça ?

– Avant de quitter la bibliothèque de l'Académie, j'ai expliqué à Étienne ce qui se passait, et il m'a présenté son professeur, l'auteur du livre. Comme ils n'avaient pas l'air de me croire, je… euh… j'ai…

– Qu'est-ce que tu as fait ?

– Je les ai invités à venir chez toi.

– Pardon ?

– Étienne et René Tabard vont passer chez vous la semaine prochaine. M. Tabard tient à voir ton parrain.

– Mamie Jeanne n'autorisera jamais cette visite.

– Eh bien, ne dis rien et attends qu'ils soient là.

– Ce n'est pas bien, ça, Hugo.

– Je peux annuler le rendez-vous, mais je pense qu'il vaudrait mieux le maintenir. C'est le seul moyen de tout savoir. N'en dis rien à ta marraine, pas encore. Ne parle pas du livre et ne lui pose pas de questions. Attendons la visite d'Étienne et de M. Tabard. Elle comprendra alors que certaines personnes se réjouissent que son mari soit en vie et se souviennent de lui. Après, elle répondra à nos questions, j'en suis sûr.

Isabelle secoue la tête. Elle paraît préoccupée :

– Tu ne m'as pas raconté où tu avais déniché l'homme mécanique, tu sais ?

Hugo n'a jamais raconté l'histoire à personne, et il garde le secret depuis si longtemps qu'il doute d'en être capable. Il regarde Isabelle, et c'est comme si les rouages de sa tête se mettaient à tourner, et les mots tombent en place. Il raconte tout, depuis la découverte de l'automate par son père dans le grenier du musée et l'incendie, jusqu'à l'apparition et la disparition de son oncle. Il lui raconte comment il a chapardé des jouets dans le kiosque de son parrain et les a utilisés pour réparer l'automate. Il lui livre le récit dans sa totalité.

Lorsqu'il a terminé, Isabelle demeure un moment silencieuse.

– Merci, dit-elle enfin.

– Merci pour quoi ?

– Merci de t'être confié à moi.

– Passe au kiosque à jouets demain après l'école, j'ai une idée.

– La boutique sera fermée, Hugo.

– Non.

6

Un but

Le lendemain matin, Hugo ouvre le kiosque et dispose l'étal comme le faisait le vieux. Il souffre de sa main, mais sourit aux clients qui passent et encaisse l'argent. Il y a cependant de longs moments de calme.

Frustré de ne pouvoir dessiner ou se distraire avec les petits mécanismes, il tente d'apprendre à écrire de la main gauche, sans y parvenir. Il étudie les jouets mécaniques, s'efforce de se mettre à la place du vieillard, d'imaginer ce qu'il pensait en les fabriquant. Cela devait lui peser d'être coincé là des journées entières. Peut-être n'était-il heureux que le temps d'en créer de nouveaux. Peut-être ces jouets lui rappelaient-ils l'automate.

Après l'école, Isabelle vient s'asseoir avec Hugo derrière le comptoir.

En l'absence de clients, et comme elle n'a rien de particulier à dire, elle arrange le pansement du garçon, qui s'effiloche, puis elle prend un livre et se met à lire.

Hugo reconnaît la couverture. C'est le recueil sur la mythologie grecque qu'elle a emprunté à M. Labisse.

– Tu lis ce livre depuis longtemps, remarque-t-il.

– Oh, je l'ai lu vingt fois. Je le rapporte à la librairie, j'en lis d'autres, et puis je le reprends. J'aime ces histoires.

– Tu veux bien lire tout haut ?

Isabelle lit pour Hugo, et il se souvient d'avoir entendu raconter certains de ces mythes en classe. Elle lui lit des histoires sur le mont Olympe, sur des créatures fantastiques comme la chimère et le phénix, et elle lui lit le mythe de Prométhée. Hugo apprend que Prométhée a créé la race humaine avec de la boue, puis a volé le feu aux dieux pour en faire don aux hommes afin qu'ils survivent.

Prométhée était donc un voleur...

En esprit, Hugo revoit soudain le tableau qui trône dans la bibliothèque à l'Académie du cinéma. L'un des personnages a le bras tendu et tient dans sa main une boule de feu, à croire qu'il arrache les flammes aux cieux ; son autre main projette de la lumière, comme au cinéma. Hugo songe qu'il s'agit peut-être d'une vision de Prométhée. Mais ce Prométhée-là vole le feu des dieux pour créer *des films*.

Isabelle poursuit sa lecture. Apparemment, Prométhée a été châtié et enchaîné pour l'éternité à un rocher ; un aigle vient manger son foie, qui se reforme chaque jour. Il a dérobé le feu pour venir en aide à ses créatures, et pourtant on l'a puni. Hugo est devenu voleur pour survivre et sauver l'automate. Quel sera son châtiment ? Passera-t-il, tel le vieux, le reste de sa vie derrière le comptoir du kiosque à jouets ? Est-ce l'avenir qui l'attend ? Il refoule cette pensée. Il doit y avoir autre chose.

L'horloge qui lui fait face de l'autre côté de la galerie retient son attention. Les grandes aiguilles de bronze se déplacent lentement sur le cadran, comme le soleil dans le ciel. Il se demande quand elles s'arrêteront.

Hugo examine ses doigts blessés. Quand pourra-t-il s'en resservir ? Il ouvre le tiroir, en sort la petite souris bleue mécanique, qu'il déballe avec soin.

– Qu'est-ce que c'est ? s'enquiert Isabelle.

– Le jouet que je volais quand ton parrain m'a surpris.

Je l'ai cassé, et il m'a obligé à le réparer. J'ignore pourquoi il l'a gardé.

– Je suppose qu'il t'aime bien. Dans la commode, chez nous, il conserve tous les dessins que j'ai faits quand j'étais petite.

Hugo sourit, Isabelle remonte la souris, et ils suivent sa course sur le comptoir.

Le garçon pense à son père, à ce qu'il disait de l'automate.

– Tu as remarqué que toutes les machines sont créées dans un but précis ? demande-t-il à Isabelle. Elles sont conçues pour nous amuser, comme cette souris ; pour donner l'heure, comme les horloges ; pour nous émerveiller, comme l'automate. C'est peut-être ce qui m'attriste quand je trouve une machine cassée. Qu'elle ne soit plus en état de remplir sa fonction.

Isabelle prend la souris, la remonte de nouveau et la pose.

– Au fond, c'est peut-être pareil pour les gens, continue Hugo. Quand ils n'ont plus de but dans la vie… en un sens, ils sont cassés.

– Comme Papi Georges ?

– Peut-être… peut-être que nous pourrons le réparer.

– Je veux bien, mais comment ?

– Je l'ignore. René Tabard nous aidera quand il viendra, la semaine prochaine. Il aura sûrement une idée…

Ils se taisent tous les deux, puis Isabelle demande :

– Alors, c'est ça, ton but à toi, dans la vie ? Réparer ce qui est cassé ?

Hugo réfléchit un moment.

– Je ne sais pas, dit-il. Peut-être.

– Et mon but à moi, c'est quoi, à ton avis ?

– Je n'en sais rien.

Ils regardent l'horloge, rangent les jouets, remettent la petite souris bleue dans son tiroir et ferment le kiosque. Ils rassemblent l'argent qu'ils ont encaissé et Isabelle l'enfourne dans sa poche.

– Avant de rentrer chez toi, viens avec moi, lui propose Hugo.

Il aide Isabelle à passer par la bouche d'aération la plus proche pour gagner les couloirs de service. Entre la main blessée d'Hugo et la cheville foulée d'Isabelle, ils ont bien du mal à monter les escaliers et l'échelle, mais ils se soutiennent mutuellement et arrivent enfin aux grandes horloges de verre qui dominent la ville. Elles devraient être éclairées de l'intérieur, mais les fils électriques ont rendu l'âme depuis longtemps.

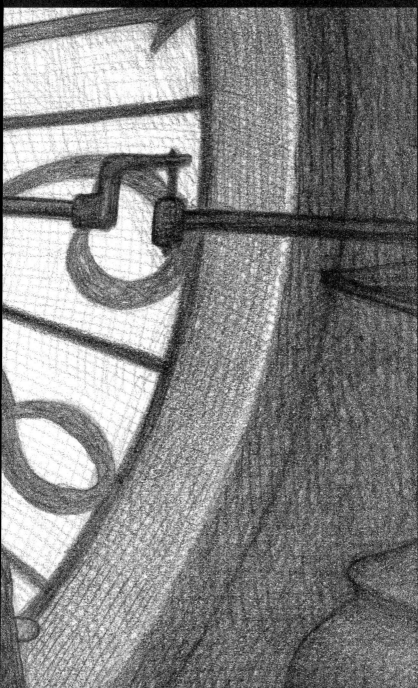

– C'est beau ! s'exclame Isabelle, admirative. On croirait que toute la ville est faite d'étoiles.

– Parfois, je viens ici la nuit, pas pour entretenir les horloges, juste pour regarder. Je m'imagine que le monde est une machine géante. Tu sais, dans les machines, il n'y a pas de pièces en trop. Elles ont exactement le nombre et le type de pièces qui leur sont nécessaires. Alors, je me dis que, si l'univers entier est une machine, il y a bien une *raison* pour que je sois là. Et *toi aussi*, tu as une raison d'exister.

Ils contemplent les étoiles, voient la lune qui flotte là-haut, au-dessus d'eux. La ville scintille en bas, et le seul bruit audible est le pouls régulier du mécanisme d'horlogerie. Hugo se souvient d'un autre film qu'il a vu avec son père quelques années plus tôt, un film dans lequel le temps s'arrête à Paris, figeant les habitants sur place. Seuls le veilleur de nuit de la Tour Eiffel et les passagers d'un avion qui vient d'atterrir sont mystérieusement capables de se déplacer à travers la ville silencieuse. Quel effet cela pourrait faire ? Même si toutes les horloges de la gare s'arrêtaient, songe Hugo, cela n'arrêterait pas le temps. Pas même si on le désirait de tout son cœur.

Comme maintenant.

7

La visite

BIENTÔT, LES ENFANTS ONT GAGNÉ assez d'argent pour payer les médicaments de Papi Georges, qu'Isabelle va acheter à la pharmacie du quartier. La semaine a été rude. Au cours de ses déplacements dans la gare, Hugo constate que les horloges se détraquent et n'indiquent plus tout à fait la même heure. Plus inquiétant encore, l'inspecteur de sécurité a épinglé une note à la dernière paie de son oncle et demande à voir celui-ci. Hugo ne sait que faire. Il espère parvenir à éviter l'inspecteur tant qu'il n'aura pas les réponses à ses questions sur l'automate.

Enfin arrive la veille de la visite d'Étienne et de René Tabard. Cette nuit-là, Hugo a du mal à s'endormir. Il rêve du terrible accident survenu dans la gare trente-six ans plus tôt, dont il entend parler depuis son plus jeune âge. Le train était entré en gare trop vite, les freins avaient lâché. Défonçant la barrière de sécurité, la locomotive avait quitté les rails, entraîné les wagons dans sa course folle à travers le hall et détruit deux murs avant de s'envoler par une vitre, qui s'était brisée en mille morceaux.

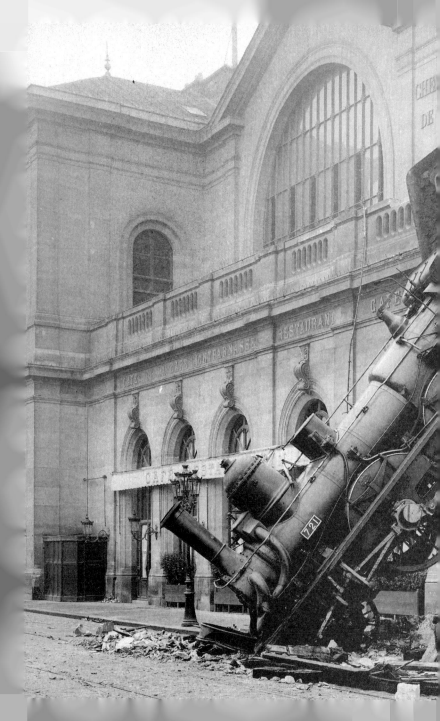

Dans son rêve, Hugo se promène le long de la gare quand il entend un fracas épouvantable. Levant les yeux, il voit un train tomber du ciel.

Il s'éveille trempé de sueur.

Affamé et inquiet à l'idée de se rendormir, il se lève et s'habille, puis il descend dans la gare pour chiper une bouteille de lait. La chance lui sourit, car il trouve un plateau de croissants frais abandonné sans surveillance près d'une aire de livraison. Il en prend deux et regagne sa chambre, tout content de manger en attendant l'heure du rendez-vous.

Il arrive sous la pluie alors même qu'Étienne et M. Tabard approchent sous leurs parapluies noirs. M. Tabard porte un gros paquet sous le bras. Isabelle les hèle de la fenêtre et descend les accueillir sur ses béquilles. Les deux hommes referment leurs parapluies et les égouttent avant de pénétrer dans le hall de l'immeuble. Étienne serre Isabelle dans ses bras, puis elle les prie d'ôter leurs souliers.

– Papi Georges ne supporte pas les chaussures dans l'appartement.

– Vous pourriez me rappeler le nom de votre parrain ? demande M. Tabard.

– Georges Méliès, répond Isabelle.

– C'était donc vrai !

Il reste un moment à la dévisager, se ressaisit et dit :

– Je suis... enchanté de faire votre connaissance, jeune fille. J'espère que nous ne dérangeons pas ?

– Non. Je ne pense pas. Papi Georges se sent un peu mieux.

– Ils nous attendent, n'est-ce pas ? demande encore M. Tabard.

– Hum, suivez-moi, c'est à l'étage.

Isabelle les prie de patienter dans le vestibule, où M. Tabard pose son paquet, puis, jetant un regard anxieux à Hugo, elle entre. Les visiteurs entendent des voix, et la fillette revient finalement pour leur faire signe de la suivre.

– S'il te plaît, Mamie Jeanne, ne te fâche pas.

Tirée de sa cuisine où elle découpait des légumes, la vieille accueille ses visiteurs un grand couteau à la main.

– Qui sont ces messieurs, Isabelle ?

À la vue du couteau luisant dans la pénombre de la pièce, Étienne et M. Tabard reculent.

De la poche intérieure de sa veste mouillée, Hugo sort le livre emprunté à l'Académie du cinéma et le tend à son amie.

– Nous avons découvert qui était Papi Georges, explique celle-ci à sa marraine. Hugo a trouvé ce livre qui parle de ses films. M. Tabard en est l'auteur. C'est le professeur d'Étienne. Sois gentille, Mamie Jeanne, ils veulent nous aider. Ils adorent les films de Papi Georges.

M. Tabard rectifie sa cravate et s'avance prudemment :

– Mes excuses, madame. Je pensais que vous nous attendiez. Nous allons vous laisser et nous reviendrons à votre convenance.

Réalisant qu'elle brandit une arme dangereuse, la vieille pose le couteau et s'essuie les mains sur son tablier :

– Parlez plus bas, je vous prie, mon mari dort. Je suis désolée… je… j'aurais aimé que ma filleule me prévienne de votre visite, cela nous aurait épargné cette gêne. Je regrette, mais je ne vous réinviterai pas.

– S'il te plaît, Mamie Jeanne, ne les renvoie pas.

– Madame Méliès, je ne veux pas m'imposer, dit M. Tabard. Toutefois, si nous ne devions pas nous revoir, j'aimerais vous raconter une histoire, ce ne sera pas long. J'ai rencontré votre époux quand j'étais enfant. Mon frère aîné, un menuisier, a travaillé pour Georges Méliès sur ses premiers films. Il m'emmenait souvent au studio de tournage – je m'en souviens comme si c'était hier. Je revois le soleil qui entrait à flots par les vitres. À mes yeux, c'était un palais de conte de fées. Un jour, votre mari est apparu, il m'a serré la main et m'a dit une chose que je n'oublierai jamais.

M. Tabard s'interrompt quelques instants. Il jette un coup d'œil à la porte close de la chambre et reprend :

– Il a mis un genou à terre pour me murmurer à l'oreille : « Si tu te demandes parfois d'où viennent les rêves que tu fais la nuit, regarde bien autour de toi. C'est ici que nous les créons. »

– J'ai grandi avec le désir de créer des rêves, moi aussi. Votre époux m'a fait un don précieux ce soir-là. J'aimerais pouvoir un jour lui rendre la pareille.

Hugo se souvient de son père parlant de sa première séance de cinéma – *c'était comme de voir ses rêves en plein jour.*

La vieille s'éponge le front avec le coin de son tablier.

– Il faut que je m'asseye, murmure-t-elle.

Étienne lui apporte une chaise, et elle s'y laisse choir avec un soupir.

– Mon mari était un homme important. Je me réjouis que ses films soient si chers à votre cœur. Hélas, il est très fragile à présent. Mieux vaut ne pas lui rappeler ce passé.

– Nous en avons apporté un témoignage, déclare M. Tabard. Toutefois, si vous jugez…

– Qu'est-ce que vous avez apporté ? le coupe Isabelle.

Sa marraine hausse un sourcil réprobateur.

– Cette invitation à rencontrer un homme que je croyais mort m'a laissé sceptique, je l'avoue. Mais intrigué et poussé par mes souvenirs de Georges Méliès, j'ai envoyé Étienne aux archives de l'Académie du cinéma et là, tout au fond, sous une pile de vieilles boîtes, il a retrouvé un film de votre parrain. Malgré la poussière, il m'a semblé en bon état. Nous avons aussi apporté un projecteur au cas où il aurait envie de le visionner. Il y a sans doute bien longtemps qu'il n'a pas revu un de ses films.

Isabelle et Hugo se saisissent par le bras.

– Montrez-le-nous, dit le garçon.

– Non. Je ne veux pas réveiller Papi Georges.

– S'il te plaît, Mamie Jeanne ! supplie Isabelle. Laisse-nous le voir !

En triturant sa broche, la vieille femme coule un bref regard à la porte close de la chambre. Une lueur de curiosité s'allume dans ses yeux – du moins, Hugo le croit. Puis, comme si la lumière était soudain trop vive, elle se couvre le visage de ses mains, puis elle secoue la tête et déclare :

– D'accord, mais faites vite.

M. Tabard et Étienne vont chercher le paquet dans le vestibule, ils déballent le projecteur et l'installent sur la table. Étienne sort la bobine de sa boîte, met le film en place dans l'appareil, qu'il branche sur le courant pendant qu'Hugo tire les rideaux. Ils dirigent le projecteur sur l'un des murs et l'allument. Avec des cliquetis continus, la bobine commence à tourner, la pellicule à défiler, et le mur s'illumine. Des images apparaissent, montrant Georges Méliès jeune homme, portant une fausse barbe blanche et une cape noire couverte d'étoiles et de lunes. Hugo en reconnaît les motifs. Quand le coffre s'est brisé en tombant de l'armoire, il l'a prise pour une couverture, alors que c'est un costume du film *Le voyage dans la Lune*. Jamais il n'a vu spectacle plus merveilleux. Il imagine son père enfant, assis dans le noir d'une salle autrefois, à regarder ce même film, les yeux rivés sur le visage de la Lune.

La projection terminée, le bout de la pellicule claque librement sur la bobine de réception, qui tourne toujours, jusqu'à ce qu'Étienne coupe le courant. Le rectangle de lumière disparaît.

Dans le silence qui suit, ils entendent le plancher craquer et se retournent. Bouleversé, Georges Méliès se tient devant la porte de sa chambre.

– Je reconnaîtrai toujours le bruit d'un projecteur cinématographique, dit-il.

Son épouse pleure aussi. Elle va le rejoindre, lui entoure les épaules de son bras.

– Qui sont ces gens ? demande-t-il.

Isabelle fait les présentations :

– M. Tabard enseigne à l'Académie du cinéma français, Étienne est un de ses élèves. Ils aiment beaucoup tes films.

Ils échangent des poignées de main.

– Qu'est-ce qui amène ces messieurs ici ?

Isabelle raconte l'histoire de l'automate qu'Hugo a sauvé des décombres de l'incendie.

– Il l'a réparé, et puis… je suis désolée, je n'aurais pas dû… J'ai volé la clé de Mamie Jeanne. Et, quand Hugo l'a vue à mon cou, il a deviné qu'elle irait sur l'automate. Nous l'avons remonté, et la machine a dessiné une image, et après on a découvert tout le reste…

Son parrain sourit :

– Pas tout, cela m'étonnerait.

Hugo tire de sa poche le dessin de l'automate, qu'il a recollé, et le tend au vieillard, qui le prend d'une main tremblante.

Tous se taisent jusqu'à ce qu'enfin Papi Georges rompe le silence :

– Donnez-moi ce projecteur.

– Quoi ? s'exclame sa femme.

Ignorant la remarque, il va débrancher la machine, la soulève et l'emporte dans sa chambre, dont il ferme la porte à clé.

8

L'ouverture
de la porte

– GEORGES ? QU'EST-CE QUE TU FAIS ? crie la vieille en cognant contre le battant.

Les autres attendent, inquiets, mais le vieux ne répond pas. Aucun bruit ne filtre de la chambre.

– Georges, reprend la femme en s'efforçant de rester calme, je t'en prie, ouvre cette porte.

Elle frappe de nouveau, sans plus de résultat.

Soudain, il y a un bruit de chute si violent que le choc se répercute dans leurs os. D'un même élan, tous se précipitent vers la chambre close. C'est à croire qu'on a arraché la porte de l'armoire, renversé la commode ou, pire encore, que le vieillard s'est fracassé le crâne en tombant. Après un moment de silence, ils entendent des pas dans la pièce, des paroles incompréhensibles. La vieille se jette contre le battant :

– Georges ! Georges ! Pardonne-moi ! Pour l'amour du ciel, laisse-nous entrer !

Le vacarme reprend de plus belle – meubles traînés à travers la chambre, coups de marteau, grondements sourds ponctués par des plages de silence. Les enfants sont terrifiés, la marraine d'Isabelle sanglote. Étienne et M. Tabard tentent de forcer la porte, qui refuse de bouger. Le tapage s'accroît, devient plus inquiétant.

Conjuguant leurs efforts, ils poussent tous ensemble. Sans effet. Enfin, Hugo a une idée :

– Isabelle, crochète la serrure !

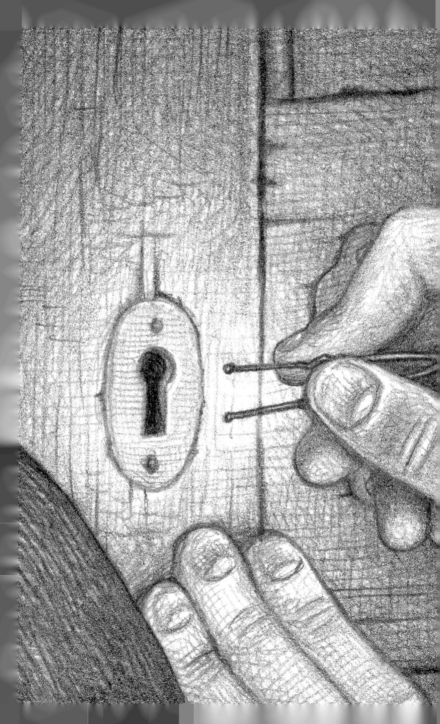

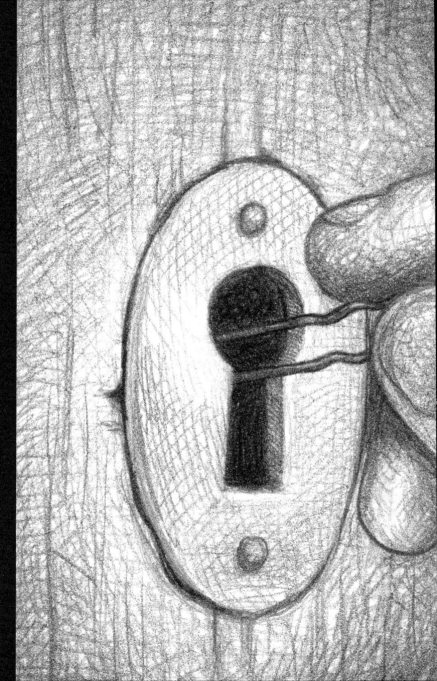

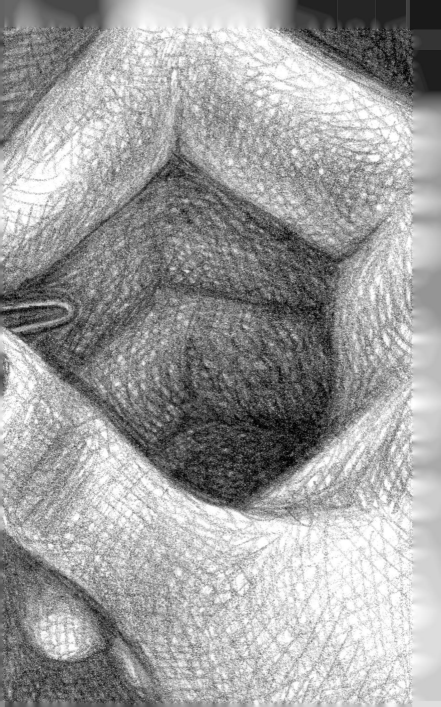

Ils ouvrent, s'attendant tous les cinq à un désordre épouvantable, des meubles brisés, des dessins déchirés. Le spectacle qui s'offre à leurs yeux est bien différent.

Le lit a été déplacé contre un mur. Assis à son bureau, qu'il a tiré au centre de la pièce, Georges Méliès, plume en main, ressemble à un double géant de l'homme mécanique. Le dessin fait par l'automate est posé devant lui. Le vieux a forcé les portes de l'armoire pour récupérer ses œuvres, qui maintenant recouvrent le sol. Depuis le pied du bureau, elles s'étalent partout, sur le lit, sur les murs, où il les a épinglées presque jusqu'au plafond. Les rideaux sont tirés, et le projecteur braqué sur lui trône sur l'une des tables de chevet. Les bobines tournent et les images dansent sur la totalité du mur. Des images de la Lune, de la fusée et des explorateurs défilent sur le visage du vieux et sur ses merveilleux dessins épinglés derrière lui.

– Mes parents étaient fabricants de chaussures, vous saviez ça ? demande-t-il en regardant Hugo et Isabelle. Ils voulaient que je travaille dans leur usine, mais j'avais les chaussures en horreur. Dans cette usine, je n'aimais que les machines. J'ai appris à les réparer, et je rêvais de devenir magicien. Quand j'ai été assez grand, j'ai vendu

mes parts de la fabrique et acheté un théâtre d'illusion.
Ma femme m'assistait, nous étions très heureux. J'avais
un atelier à l'arrière du bâtiment, j'y ai construit mon
automate. Le public l'adorait. Et puis, les frères Lumière
ont inventé le cinéma. Je suis aussitôt tombé amoureux
de leur invention et je leur ai demandé de me vendre une
caméra. Ils ont refusé, et j'ai dû m'en construire une en
utilisant les pièces qui me restaient de l'automate. Nous
tenions à faire partie de l'aventure. Ma jolie épouse est
devenue ma muse, ma vedette. J'ai tourné des centaines
de films, nous pensions que ce serait sans fin, cela n'avait
pas de raison de finir, hein ? Seulement la guerre est
arrivée. Après, il y avait trop de concurrence, nous avons
tout perdu. Annoncer à mes employés que je ne pouvais
plus subvenir à leurs besoins m'était insupportable.
Je croyais avoir touché le fond quand deux amis chers,
un jeune cameraman et sa femme, ont été tués dans un
terrible accident de voiture. Ils avaient une fille, un bébé.
Par chance, elle a survécu.

– Moi ? intervient Isabelle.

– Oui.

– Papa faisait des films avec toi ?

– Ton père était le cameraman de mes derniers films.

Ta mère enseignait à l'école du quartier. Je les aimais beaucoup. Après leur mort, tu es venue vivre avec nous… Tu étais le seul rayon de soleil dans un monde bien sombre. J'ai fait promettre à mon épouse de ne jamais parler de mes films et j'ai fermé la porte sur mon passé… J'ai brûlé mes anciens décors et mes costumes. J'ai dû vendre mes films à une entreprise, qui les a fondus pour en faire des talons de chaussures. Avec l'argent de la vente, j'ai acheté le kiosque à jouets, où je vis en prisonnier depuis, à écouter le bruit des talons qui claquent sur le sol… le bruit de mes films qui disparaissent dans la poussière. Ces fantômes me hantent depuis de longues années. Je n'ai cependant pas pu me résoudre à détruire l'automate, que j'ai donné à un musée de quartier. Ils ne l'ont pas exposé, et puis le musée a brûlé. La seule chose qui me restait de ma machine était le double de la clé, que j'avais confectionné pour l'anniversaire de mon épouse il y a bien longtemps. Et puis, même cette clé a disparu. Je pensais l'automate perdu pour toujours, je me trompais. Par miracle, il a survécu. Dites-moi… où est-il maintenant ?

– À la gare, dit Hugo.

– Qu'est-ce qu'il fait à la gare ?

– C'est une longue histoire, dit Hugo.

– Va me le chercher.

– Oui, monsieur, dit encore Hugo. Je reviens tout de suite.

9

Le fantôme de la gare

Hugo remet ses chaussures et part en courant sous la pluie pour regagner la gare, encore noire de monde. Il ignore comment il s'y prendra, mais il a hâte d'apporter l'automate à Georges Méliès. Il s'ébroue comme un chien pour se sécher et file à travers la foule, poussé par l'enthousiasme qui fait battre son cœur. Sa main lui fait toujours mal ; conscient que le trajet de retour avec l'homme mécanique sera pénible, il s'arrête au café pour prendre de la glace. Veillant à ce que personne ne le voie, il chipe une poignée de glaçons et une nouvelle bouteille de lait. Le marchand de journaux parle à la patronne du café :

– … Incroyable ! Ici ? Vous êtes sûre que c'est vrai, madame Émile ? dit le marchand de journaux.

– Oui, monsieur Frick ! répond-elle. Mon amie fait le ménage au commissariat, elle entend beaucoup de choses. Je l'ai vue en venant au travail ce matin. Elle m'a raconté que la police avait découvert un cadavre dans la Seine il y a quelques jours.

Hugo s'éclipserait si quelque chose dans le ton de la patronne ne retenait son attention. Il s'accroupit sur le côté du café et tend l'oreille.

– Pour le moment, personne ne le sait, mais cela ne durera pas, poursuit Mme Émile. Ils ont retrouvé le noyé en draguant le fleuve. Il était au fond depuis un bon bout de temps. Peut-être même des années. Et mon amie m'a dit qu'hier soir ils l'ont enfin identifié grâce à une petite flasque d'argent dans l'une de ses poches. Ils en ont bavé pour la nettoyer avant de pouvoir lire le nom gravé en dessous. Et qui c'était ? Je vous le donne en mille.

Hugo connaît déjà la réponse.

– Vous vous souvenez du vieil horloger de la gare ?

enchaîne Mme Émile. Eh bien, c'était lui ! Mort depuis des lustres !

Elle se trompe, l'oncle Claude n'est mort que depuis quelques mois, mais Hugo s'abstient de la corriger.

– Ça, par exemple ! s'exclame M. Frick, d'ordinaire le premier à être au courant des potins. Bah, je suppose qu'il ne manquait à personne.

– Vous ne comprenez donc pas ? Les horloges de la gare *auraient dû s'arrêter* quand il s'est noyé. Il n'y avait personne pour les remonter et les entretenir… Mais elles ont continué à donner l'heure juste ! L'horloger reposait en paix au fond de la Seine. À l'évidence, il ne tenait pas à ce qu'on le dérange, et son fantôme s'occupait des horloges. Seulement, il a fallu qu'ils aillent le tirer par les pieds, et comme par hasard les horloges se détraquent ! Cette gare est hantée !

C'est alors que, sans le vouloir, Hugo laisse tomber la glace et la bouteille de lait, qui se brise à grand bruit sur le sol pavé. Mme Émile se retourne, l'aperçoit et s'écrie :

– Mon lait ! C'était donc toi, le voleur !

Vif comme l'éclair, Hugo s'enfuit parmi la foule et disparaît à l'intérieur des murs, encore tout chamboulé de ce qu'il vient d'entendre. De retour dans sa chambre, il commence par reprendre son souffle et puis, comme il doit retourner sans tarder chez Isabelle, il déplace les cartons qui cachent l'automate, tire la machine au centre de la pièce et en fait plusieurs fois le tour pour trouver un moyen de la porter malgré sa main blessée. Enfin, après s'être assuré qu'il est entièrement couvert par la toile qui le protégera de la pluie, il fait basculer l'homme mécanique dans le creux de son coude et, de sa main valide, il parvient, non sans peine, à le soulever. Avec un gémissement de douleur, il titube jusqu'à la porte, qu'il a refermée derrière lui par habitude. Il lui faudra poser son fardeau pour l'ouvrir. Il cherche une méthode pour le faire sans trop souffrir quand on frappe.

– Isabelle ? C'est toi ?

Le battant s'ouvre si brusquement que, l'espace d'un instant, Hugo n'y voit que du vert. L'inspecteur de sécurité entre comme un ouragan, talonné par Mme Émile et M. Frick. L'inspecteur saisit le bras d'Hugo, qui hurle et – à sa grande horreur – lâche l'homme mécanique. L'automate atterrit dans un bruit affreux.

– C'est lui ! s'écrie Mme Émile. Il me vole du lait et des croissants depuis des mois !

– J'ai tout vu ! renchérit M. Frick. C'est un voleur !

– Je vous remercie tous les deux d'avoir suivi ce garçon. Et maintenant, si vous voulez bien, je m'occupe de lui.

– Qu'est-ce que c'est que cet endroit ? demande M. Frick.

– Le logement de l'horloger, répond l'inspecteur.

– L'horloger ? glapit Mme Émile.

Et, blancs comme le drap d'un fantôme, M. Frick et elle quittent la pièce en courant.

L'inspecteur de sécurité lève les yeux au ciel puis reporte son attention sur Hugo qui tente de se dégager.

– Arrête de gigoter ! rugit-il.

Son expression passe de la colère à l'étonnement lorsqu'il remarque le paquet sur le sol.

– Qu'est-ce qui se passe, ici ? Qu'est-ce que c'est que ce… machin ?

Des détails qui, jusque-là, ont échappé à Hugo, prennent du relief. L'inspecteur a les dents gâtées. Il lui manque un morceau d'oreille. Il sent le chou.

Sans relâcher sa proie, le bonhomme se penche pour ôter le tissu, révélant l'homme mécanique qui gît sur le flanc, le cou tordu et la tête renversée en arrière.

– Nom d'un chien de nom d'un chien…, grommelle l'inspecteur.

Traînant Hugo derrière lui, il fait alors le tour de la pièce. Il ouvre les portes pour y passer la tête, fouinant dans les placards. Enfin, il arrive à la pile d'enveloppes non décachetées qui contiennent les chèques de l'oncle Claude.

– Qu'est-ce qui est arrivé à l'horloger ? Comment

connaissais-tu son logement dans la gare et les couloirs de service à l'intérieur des murs ? Où est-il ?

– Aïe ! crie Hugo. Vous me faites mal. Mes doigts sont cassés, prenez l'autre bras.

Voyant alors sa main bandée, l'inspecteur desserre sa prise et, tel un animal sauvage, Hugo en profite pour filer.

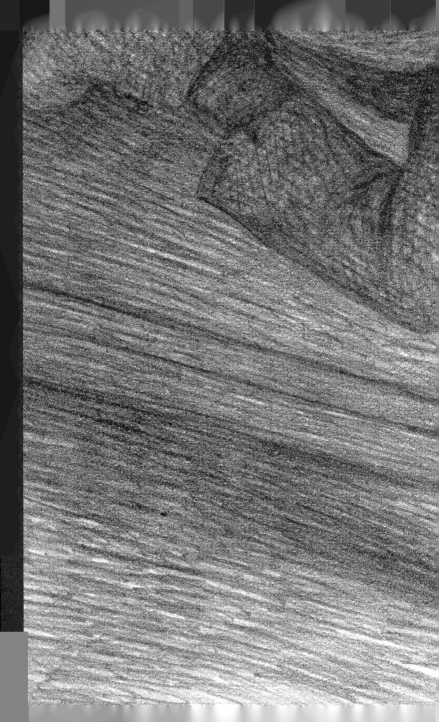

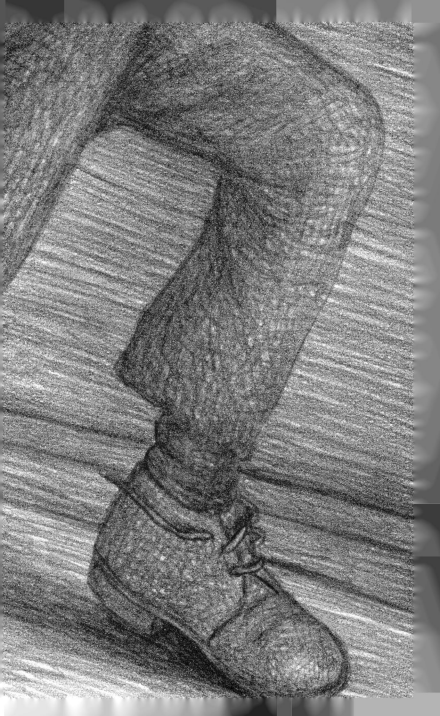

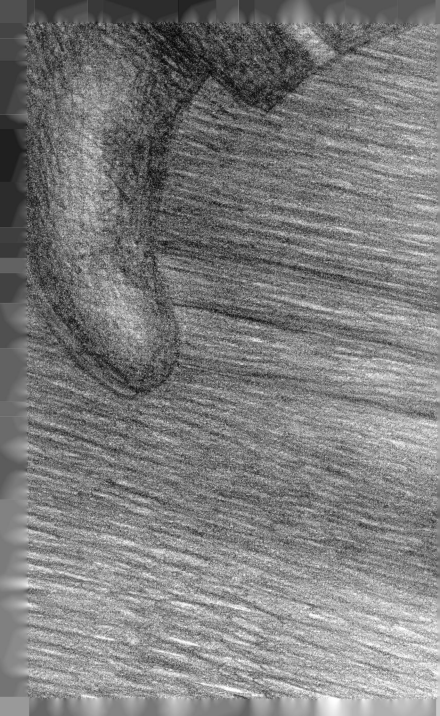

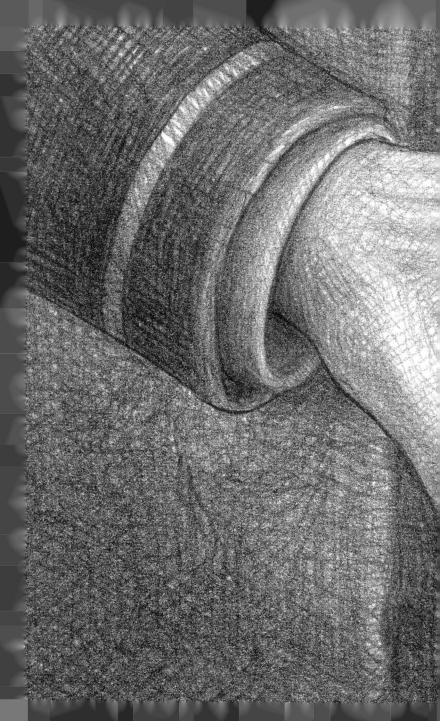

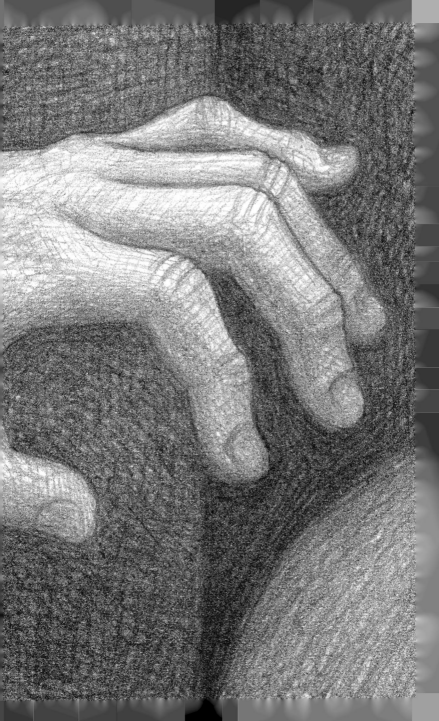

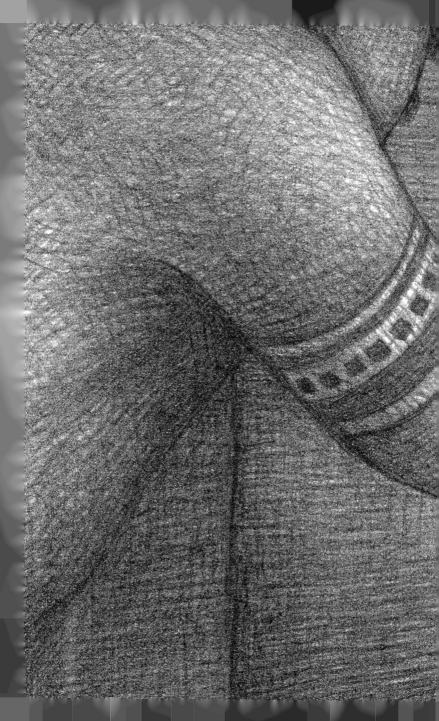

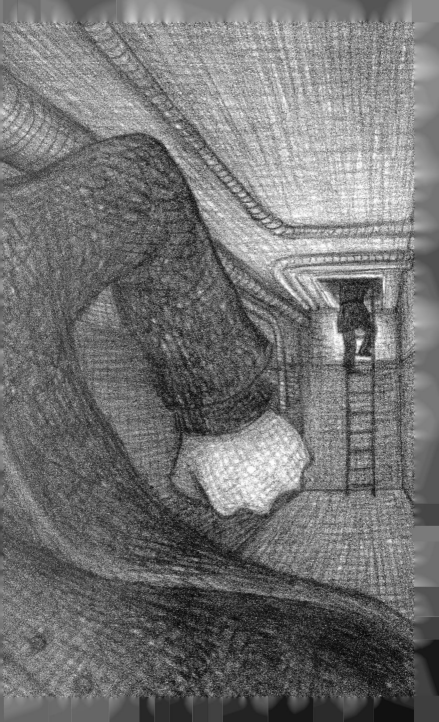

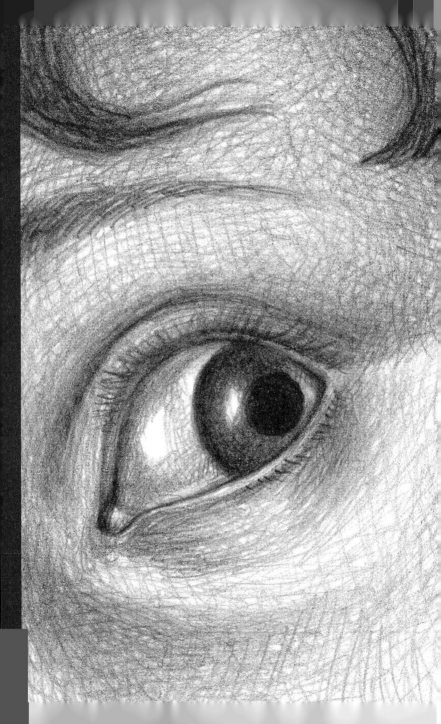

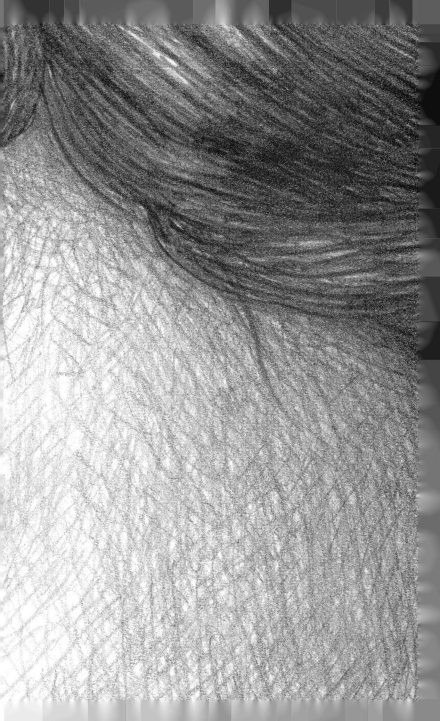

Patatras !

Hugo heurte le dos d'un voyageur, tombe à terre, lève les yeux et voit la main de l'inspecteur prête à le saisir. Il tente de rouler dans la direction opposée et se trouve bloqué par M. Frick et Mme Émile qui fondent sur lui comme des vautours. Ils l'agrippent chacun par un bras et le relèvent sans ménagement.

– Lâchez-moi ! s'écrie Hugo.

Les larmes lui brûlent les yeux. La patronne du café et le marchand de journaux le tiennent fermement entre eux tandis que l'inspecteur de sécurité se penche pour lui souffler dans le nez :

– Cette fois, tu ne m'échapperas pas, et tu iras en prison !

10

Un train arrive en gare

– Qu'allons-nous faire de lui? demande M. Frick.

– Suivez-moi, répond l'inspecteur de sécurité.

Il les conduit à son bureau, ouvre la grille de la cellule dans le coin de la pièce, et y jette Hugo. En un clin d'œil, il a verrouillé la cage que le garçon redoute depuis toujours, et range la clé dans sa poche. Il se retourne ensuite vers Mme Émile et M. Frick :

– Je vous promets que, cette fois, il ne s'évadera

pas. Je vais appeler la police, et ce misérable rat ne vous importunera plus.

Il sourit en prononçant ces mots, d'un sourire mauvais, lourd de menaces. Mme Émile et M. Frick prennent congé de lui, le laissant seul avec Hugo. L'inspecteur appelle le commissariat, puis il reporte son attention sur le prisonnier :

– Tu ne veux pas avouer, hein ? Eh bien, puisque

c'est ainsi, je vais revenir avec quelques amis. Ne profite pas de mon absence pour filer.

Il éclate de rire et quitte le bureau, claquant la porte derrière lui.

Dans ses vêtements trempés, Hugo frissonne, terré au fond de sa cage comme un animal captif. Il regrette qu'Isabelle ne soit pas là avec ses épingles à cheveux.

Hugo reste longtemps seul. Il va finir en prison, ou alors à l'orphelinat. L'homme mécanique sera jeté aux ordures. Jamais il ne reverra Isabelle, son parrain, sa marraine. Il se couvre le visage de ses mains. Enfin, la porte du bureau s'ouvre sur l'inspecteur de sécurité accompagné de deux policiers. Hugo se lève et se rencogne davantage encore dans sa minuscule cage.

– Il refuse de parler ? demande l'un des agents.

– Rien à tirer de lui, répond l'inspecteur de sécurité.

– Peut-être qu'un tour dans le panier à salade lui rendra sa langue. En route, mon garçon, la limousine attend.

L'inspecteur de sécurité ouvre la cellule. Saisissant l'occasion, Hugo s'élance, se faufile entre les policiers et s'enfuit du bureau.

Il y a affluence dans la gare. Hugo rebondit comme une balle contre les voyageurs qui tentent de se frayer un chemin. Lorsque enfin il atteint un espace dégagé, il a perdu ses repères. Il se retourne et voit l'inspecteur de sécurité et les deux policiers lancés à sa poursuite. Il lui semble apercevoir aussi Mme Émile et M. Frick qui se rapprochent.

Courant toujours, il est renversé par des gens pressés de prendre leur train. Il tombe sur sa main blessée, hurle de douleur, se relève tant bien que mal. Les larmes lui brouillent la vue tandis qu'avec l'énergie du désespoir il s'efforce de gagner la sortie. Désorienté, aveuglé, chancelant, il part dans la direction opposée, trébuche soudain et fait une chute de plusieurs mètres pour atterrir *sur la voie*! Une locomotive fonce droit sur lui. Il croit entendre un cri quelque part sur le quai.

Le bruit terrible des freins, le hurlement métallique des roues contre les rails lui donnent l'impression que la gare va s'effondrer autour de lui. La motrice noire fonce toujours. Incapable de détourner les yeux, il la fixe, fasciné, comme s'il était au cinéma.

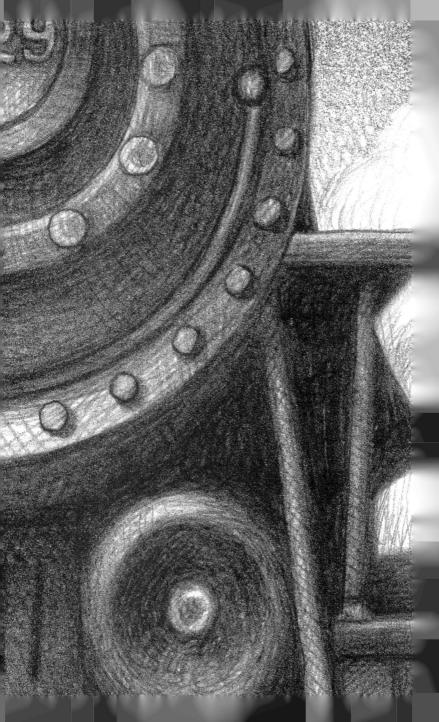

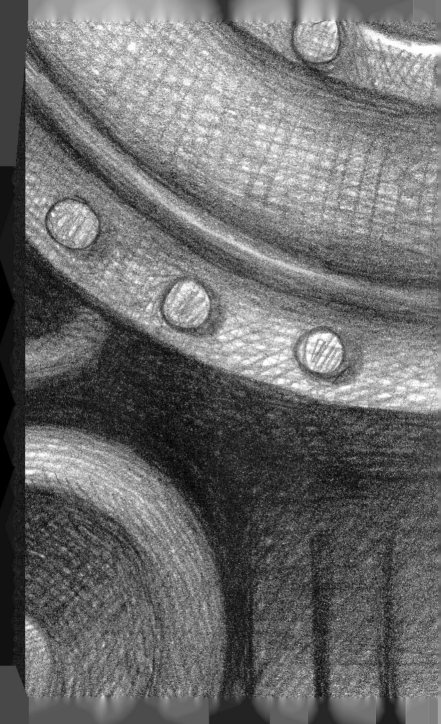

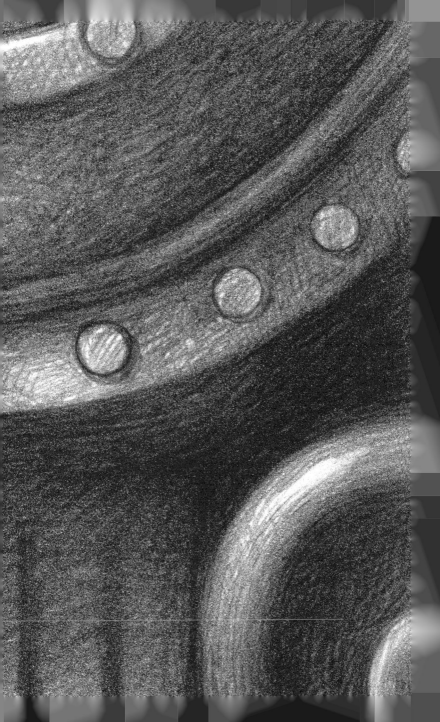

De justesse, des mains hissent Hugo sur le quai. En ralentissant, la locomotive répand un nuage de fumée tandis que des étincelles jaillissent des roues. Hugo est pris de vertige.

Dans le silence abasourdi, la locomotive lâche sa vapeur, et c'est comme si le train soupirait. Pour les passagers, il ne s'est rien produit d'extraordinaire. Ils viennent d'entrer en gare. Pour Hugo, c'est la fin d'un monde.

De nouveau, l'inspecteur de sécurité le tient par le bras, sa main blessée le fait cruellement souffrir ; près de lui, les policiers détachent les menottes de leur ceinture. La douleur, la terreur lui deviennent insoutenables.

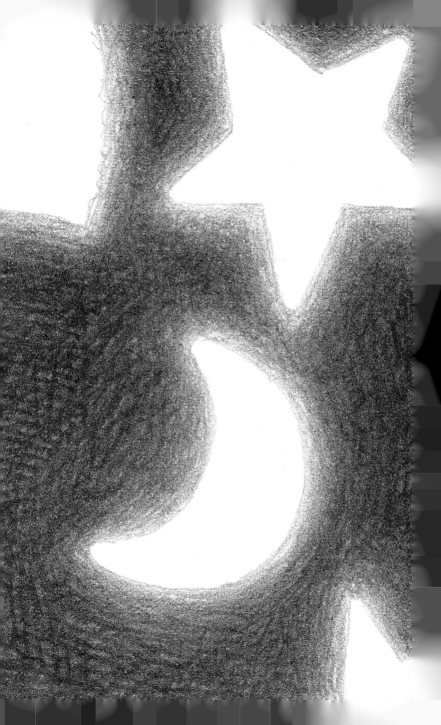

Lorsqu'il reprend connaissance, Hugo ne voit que des étoiles. Des étoiles, des lunes, et une fusée en forme d'obus. C'est la cape du *Voyage dans la Lune*, sur les épaules de Georges Méliès en personne.

– Ah ! Bienvenue à ton retour sur Terre, Hugo Cabret ! s'exclame le vieux cinéaste.

Assis sur le banc dans le bureau de l'inspecteur de sécurité, il tient la tête du garçon sur ses genoux. Derrière Hugo, il y a Isabelle avec ses béquilles.

– Bois, dit-elle en lui tendant un gobelet d'eau. Je me doutais que tu avais des ennuis, tu mettais trop longtemps à revenir. Papi Georges a insisté pour m'accompagner…

L'inspecteur s'approche du garçon quand Méliès rugit de sa voix la plus théâtrale :

– Ne le touchez pas !

– Je regrette, monsieur, mais, comme je vous l'expliquais, il a été surpris à voler au café et chez l'horloger de la gare, qui a mystérieusement disparu. Nous le soupçonnons d'être impliqué dans cette disparition.

Hugo note que Mme Émile et M. Frick sont dans le bureau et ne perdent pas une miette de la conversation.

– Raconte-moi ce que tu sais, petit, dit alors Georges Méliès.

Le vieillard pose sur lui un regard plus doux, plus chaleureux qu'à l'accoutumée. Encouragé, Hugo se tourne vers l'inspecteur de sécurité :

– L'horloger de la gare était mon oncle, j'étais son apprenti. Il buvait, et un jour, il y a quelque temps de cela, il n'est pas revenu. Comme j'avais faim, j'étais obligé de voler du lait et des croissants pour me nourrir, et je m'occupe des horloges depuis. Il paraît qu'il est mort maintenant et ce sera dans le journal demain.

L'inspecteur de sécurité observe Hugo en fronçant les sourcils. Au bout d'un long moment, presque une éternité, il part d'un grand rire. Derrière lui, les deux policiers semblent perplexes.

– Toi ? persifle l'inspecteur de sécurité. Tu entretenais les horloges de la gare ? Tout seul ? Un gamin de dix ans ! Et quoi encore ?

– Douze ans, corrige Hugo.

L'inspecteur rit toujours :

– Eh bien, mon cher, votre jeune protégé ne manque pas d'imagination ! Vous pensez que nous ne le saurions pas si notre horloger était mort ?

– Il est mort, intervient Mme Émile. Le gosse ne ment pas.

– Je confirme, déclare M. Frick.

– Mais enfin… qu'est-ce que c'était, ce… cet objet que tu étais en train de voler chez l'horloger ?

– Je ne le volais pas, répond Hugo.

Il reporte son attention sur Georges Méliès et ajoute :

– Je l'ai laissé tomber, il est de nouveau cassé.

– Peu importe, petit. À nous deux, nous l'aurons vite remis en état.

Georges Méliès se tourne vers l'inspecteur et conclut :

– Prendre une chose qui vous appartient, ce n'est pas la voler, n'est-ce pas ? Cette machine est à lui. Madame, nous nous arrangerons pour vous payer le lait et les croissants. À présent, il est temps que nous quittions cette gare.

Il aide Hugo à se lever, enveloppe les enfants dans les plis douillets de sa cape et, ensemble, ils prennent le chemin de la maison.

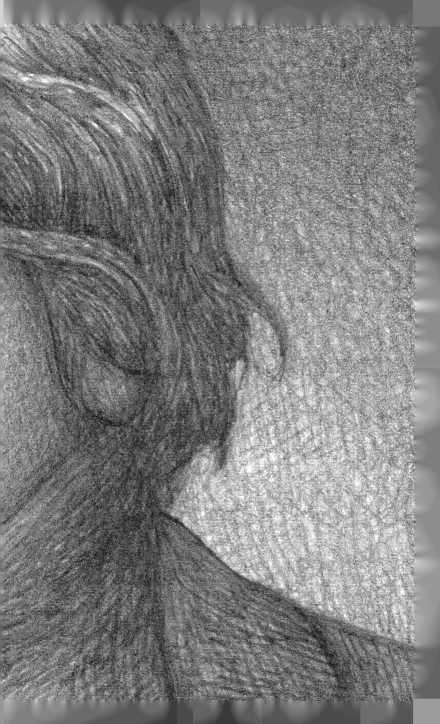

SIX
PLUS

MOIS
TARD

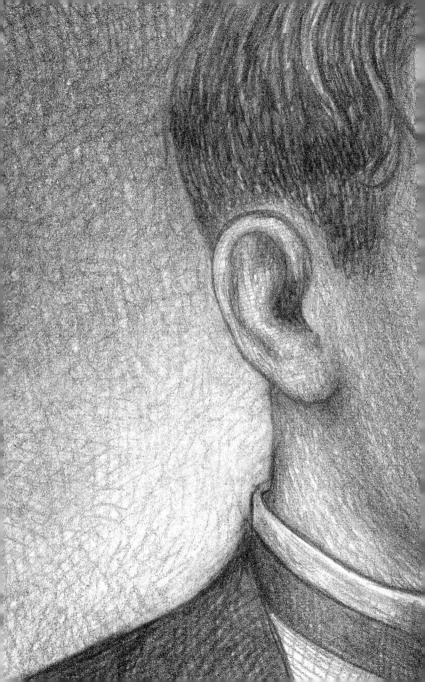

11

Le magicien

HUGO ACHÈVE D'ENFILER SON HABIT. Il en caresse les
boutons, qui brillent comme des sous neufs. Surprenant
son reflet dans le miroir, il l'examine un moment et
songe qu'il a l'air presque adulte.

Les Méliès ont débarrassé une petite remise au fond
de l'appartement pour l'y installer. Grâce à l'interven-
tion de René Tabard, l'Académie du cinéma français
s'est arrangée pour qu'une somme soit offerte à la famille
Méliès, et une partie de l'argent a servi à meubler la
chambre d'Hugo. Au fond, il y a un petit établi couvert
de petites créatures faites de mécanismes d'horlogerie,

et des trucages de toutes sortes pour des tours de magie qu'Hugo a créés lui-même. L'école a repris, et il dispose d'un pupitre pour ses devoirs. Ses étagères croulent sous les livres et les nombreux souvenirs rapportés de l'Exposition coloniale, qu'il a visitée avec Isabelle un mois plus tôt. Le carnet de son père est à l'abri dans un coffret sur sa table de chevet. Ses dessins couvrent le plancher. Il a un petit tiroir où il conserve les talons des billets quand il va au cinéma avec Isabelle.

Dans l'obscurité de la nouvelle salle qui a ouvert non loin de chez eux, Hugo voyage dans le passé parmi les dinosaures, les pirates et les cow-boys, dans l'avenir parmi les robots et les cités géantes qui cachent le ciel. Il vole en avion, traverse les mers en bateau. C'est dans la salle obscure que, sur l'écran, il a vu pour la première fois les jungles, les océans et les déserts qu'il rêve de voir pour de bon.

Réparé à la perfection avec l'aide de Papi Georges, l'automate trône dans un coin de la pièce.

Hugo remplit ses poches de cartes et d'accessoires de magie comme à son habitude. Il consulte sa montre de cheminot et frappe à la porte d'Isabelle. Elle lui ouvre, vêtue d'une robe blanche qui semble lumineuse.

Au salon, Georges Méliès est en habit, lui aussi, et drapé dans sa cape céleste. Amoureusement nettoyée et reprisée par son épouse, elle a retrouvé son éclat premier. La robe de Mamie Jeanne scintille comme de l'eau. Étienne arrive bientôt, portant un bel habit noir et un nouveau cache sur l'œil.

Hugo prend l'invitation sur la table.

L'Académie du cinéma français
vous invite à une soirée
en hommage à la vie et à l'œuvre
d'une légende du cinéma :
GEORGES MÉLIÈS

Deux voitures étincelantes s'arrêtent devant l'entrée de l'immeuble, et ils s'apprêtent à sortir.

– Mon appareil photo ! s'exclame Isabelle. J'ai failli l'oublier.

Et elle retourne en courant dans sa chambre chercher l'appareil noir et argent que ses parrain et marraine lui ont offert pour son anniversaire.

– Tu veux bien te charger de mes pellicules supplémentaires pour la soirée, Hugo ?

Elle lui tend les rouleaux, qu'il empoche.

– Je voulais aussi te donner ça.

Hugo prend le cliché – une photo qu'elle a faite de lui avec ses vieux amis Antoine et Louis. Ils se tiennent par le cou et rient.

– Je te remercie, dit Hugo en lui souriant.

Et il met la photo dans sa poche intérieure.

Isabelle arrange l'appareil et le pendentif avec la clé autour de son cou pour que ce soit joli.

Dehors, les chauffeurs les aident à monter en voiture, et ils filent bientôt vers l'Académie du cinéma.

– Il y a bien longtemps que je n'y ai pas mis les pieds, dit le vieux Méliès alors qu'ils approchent de leur destination. Je verrai peut-être le tableau de Prométhée que j'ai peint quand j'étais jeune.

– C'est toi qui l'as peint, Papi Georges ? s'étonne Hugo. Je pensais bien que c'était Prométhée. Je l'ai vu dans la bibliothèque.

– Il est toujours là ? Voilà une bonne nouvelle. Vous connaissez le mythe, les enfants ?

Ils font signe que oui.

– Alors, vous savez déjà que Prométhée a été sauvé. À la fin, on a brisé ses chaînes pour lui rendre la liberté.

Il cligne de l'œil, puis ajoute :

– C'est quelque chose, non ?

Lorsque tous sont assis dans la salle, M. Tabard monte sur l'estrade.

– Mesdames et messieurs, bonsoir. Je m'appelle René Tabard et je vous accueille pour une soirée exceptionnelle. Nous sommes réunis ici en l'honneur de Georges Méliès, un des pionniers du cinéma, qui a apporté la magie à l'écran. Pendant des années, on a cru ses films perdus, et M. Méliès lui-même, disparu. Mais nous avons une merveilleuse surprise pour le monde entier : M. Méliès est parmi nous ce soir, et tous ses films n'ont pas été détruits. Grâce au zèle d'Étienne Pruchon, un étudiant de notre Académie, aidé, pendant les week-ends, par Hugo et Isabelle, deux enfants courageux élevés par les Méliès, nous avons fait des recherches. Ayant trouvé un premier film dans les sous-sols, Étienne, Hugo et Isabelle ont fouillé les salles des archives, longtemps fermées. Ils sont allés voir des collections privées, ont exploré des lieux insoupçonnés comme les granges et les catacombes, et leurs efforts ont été récompensés. Ils ont déniché de vieux négatifs, des caisses de clichés, des malles remplies de films en mauvais état que nous avons pu restaurer. Nous sommes maintenant en possession de quatre-vingts films de M. Méliès. Une petite partie des cinq cents qu'il a tournés, mais je suis convaincu que, dans les années à venir, d'autres referont surface. Ce soir, nous redécouvrons Georges Méliès, le héros de mon enfance. Ouvrez grand les yeux et préparez-vous à rêver. Mesdames et messieurs, je vous présente le monde de Georges Méliès.

Les spectateurs applaudissent et lancent des acclamations.

Les lumières baissent et l'orchestre se met à jouer tandis que le rideau se lève. Pour la première fois depuis plus de dix ans, l'univers de Georges Méliès est projeté sur l'écran, film après film.

En dernier, on montre *Le voyage dans la Lune*.

Hugo regarde Isabelle. Deux minces filets de larmes scintillent sur ses joues.

La lumière revient, et l'invité d'honneur de la soirée est convié sur scène, où on lui remet une couronne de laurier en or. Il s'avance sur le podium et déclare d'une voix pleine de fierté et d'émotion :

— Lorsque je regarde cette assemblée, je tiens à vous dire que je ne vois pas une salle remplie de Parisiens en hauts-de-forme, parures de diamants et robes de soie. Je ne vois pas de banquiers, de ménagères ni de commis. Non. Je m'adresse ce soir à ce que vous êtes vraiment : des sorciers, des sirènes, des voyageurs, des aventuriers et des magiciens. Vous êtes d'authentiques rêveurs.

Après le spectacle, ils se rendent à un petit dîner offert en l'honneur de Georges Méliès dans un restaurant voisin. Isabelle prend des photos toute la soirée et Hugo fait des tours de magie à table.

Bientôt, un attroupement se forme autour de lui.

Georges Méliès vient le rejoindre, pose une main sur son épaule et dit à l'assistance :

— Souvenez-vous de ce moment. Je crois que c'est la première représentation publique du professeur Alcofrisbas.

Hugo lève les yeux vers lui.

– Qui est le professeur Alcofrisbas ?

– Toi, mon garçon ! Le professeur Alcofrisbas est un personnage qui apparaît dans beaucoup de mes films. Parfois explorateur et parfois alchimiste, c'est un homme capable de transformer n'importe quoi en or. Mais, d'abord, c'est un enchanteur, un magicien qui vient d'apparaître ce soir, en chair et en os dans ce restaurant.

Au même instant, les mécanismes de l'univers s'alignent. Quelque part, une horloge sonne minuit. Hugo a trouvé sa place, son avenir est tout tracé.

12

Les pendules
remises
à l'heure

LE TEMPS PEUT VOUS JOUER DES TOURS DE TOUTES
SORTES.

En un clin d'œil, des bébés apparaissent dans des
landaus, des cercueils disparaissent dans la terre, des
guerres sont gagnées et perdues, et, tels les papillons,
les enfants se métamorphosent en adultes.

C'est ce qui m'est arrivé.

Autrefois, j'étais un enfant appelé Hugo Cabret, et je croyais de toutes mes forces qu'un automate cassé me sauverait la vie. À présent, je suis sorti de mon cocon sous les traits d'un magicien appelé professeur Alcofrisbas, et, si je regarde en arrière, je m'aperçois que j'avais raison. L'automate de mon père m'a bel et bien sauvé.

À présent, j'ai construit mon propre automate.

J'ai passé un nombre d'heures incalculable à le concevoir. J'en ai ciselé chaque rouage, taillé chaque disque de laiton, façonné tous les mécanismes de mes mains.

Lorsqu'on le remonte, il peut faire ce dont aucun autre automate au monde n'est capable. Il peut raconter l'incroyable histoire de Georges Méliès, son épouse, sa filleule, et d'un horloger tendrement aimé dont le fils est devenu magicien en grandissant.

La machinerie complexe qui anime mon automate peut produire cent cinquante-huit dessins différents, et écrire, lettre après lettre, un roman entier de vingt-quatre mille quatre cent soixante-sept mots.

Ceux-ci.

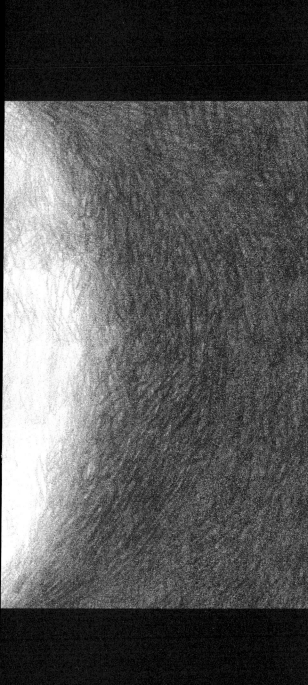

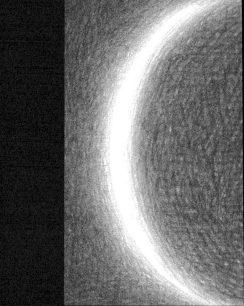

N

Remerciements

LONGTEMPS, J'AI EU ENVIE D'ÉCRIRE UNE HISTOIRE sur Georges Méliès, mais ce n'est qu'après que j'ai lu l'ouvrage de Gaby Wood, *Le rêve de l'homme-machine – de l'automate à l'androïde*, que ce récit a commencé à prendre forme. Ce livre parlait de la collection d'automates de Méliès, qui fut donnée à un musée, négligée et reléguée au fond d'un grenier humide, et finalement mise au rebut. J'ai imaginé un garçon trouvant l'une de ces machines dans les ordures, et c'est à ce moment-là que sont nés Hugo et ce récit.

J'aimerais remercier Charles Penniman, qui a passé un après-midi avec moi dans le sous-sol de l'institut Franklin de Philadelphie à me montrer comment fonctionnait un automate du XIXe siècle. L'automate était arrivé au musée en 1928 après avoir été endommagé dans un incendie. Il ne fonctionnait plus mais, une fois restauré, il a surpris ses nouveaux propriétaires en produisant quatre dessins différents et en écrivant trois poèmes. Et, comme dans le récit que j'avais créé, au cours duquel Hugo répare l'automate et découvre son fabricant parce qu'il signe du nom de Georges Méliès, celui de l'institut Franklin, une fois restauré, signa du nom de Maillardet, levant le mystère sur son origine.

Pour voir l'automate de Maillardet de l'institut Franklin, consulter le site en anglais http://www.fi.edu/pieces/knox/automaton. Pour en savoir davantage, consulter la page en français :

http://www.automates-anciens.com/objets-musicaux/boites-musique-automates.htm et cliquer sur le lien des frères Maillardet.

Je tiens à remercier aussi le conservateur John Alviti d'avoir organisé pour moi cette visite à l'institut Franklin.

Merci à Lisa Holton et Andrea Pinkney, ainsi qu'à tout le personnel de Scholastic pour leur soutien et leurs encouragements. Ma gratitude va également à David Saylor et Charles Kreloff pour leur beau travail de mise en page, à Abby Ranger et Lillie Mear, qui ont permis de mener ce projet à bien.

Je serai éternellement reconnaissant envers Tracy Mack et Leslie Budnick, qui ont travaillé avec moi sans ménager leur peine sur *L'invention de Hugo Cabret*. Pendant près de deux ans, elles m'ont aidé à lisser, construire, raffiner et polir cette œuvre. Les mots me manquent pour leur exprimer ma reconnaissance. Sans elles, ce livre n'existerait pas.

J'ai aussi une énorme dette de gratitude envers Tanya Blumstein, mon contact parisien, que je remercie pour les personnes qu'elle m'a présentées, les courriels, les traductions, les conseils, et le savoir-faire français. Pendant la genèse de ce livre, elle m'a été d'une aide considérable. Je tiens également à remercier Étienne Pelaprat – dont le prénom s'est insinué dans le livre – pour toutes ses traductions et les coups de téléphone qu'il a passés pour moi.

Merci à Glenn Myrent, l'historien du cinéma que Tanya m'a présenté. Glenn m'a été d'une aide précieuse à Paris, et il a répondu à mes nombreuses questions sur les débuts du cinéma en France.

J'aimerais encore faire part de ma gratitude à Andy Baron, le génie de la mécanique qui a passé des heures au téléphone à m'expliquer les aspects techniques des horloges, des automates, des engrenages, des poulies, des mécanismes et des moteurs. Andy m'a avoué qu'il se reconnaissait un peu en Hugo, et je suis certain qu'Hugo en serait flatté.

Les universitaires suivants m'ont éclairé sur les débuts du cinéma français : Melinda Barlow, professeur assistant en études cinématographiques de l'université du Colorado à Boulder ; Claudia Gorbman, professeur en études cinématographiques dans le cadre du programme interdisciplinaire des arts et des sciences à l'université de Washington, Tacoma ; enfin, le professeur Tom Gunning du Comité sur le cinéma et les médias à l'université de Chicago. Je les remercie de leurs conseils sur les films qu'il me fallait voir, sur ceux qu'auraient appréciés Hugo et Isabelle, et aussi de m'avoir aidé à comprendre l'univers visionnaire de Georges Méliès.

Ma reconnaissance va également à Sebastian Laws, du magasin d'horlogerie Sutton, qui m'a laissé fureter dans sa boutique (fondée par son père), qui a répondu à mes questions et m'a permis de prendre des photos.

Merci aux amis et collègues qui m'ont prodigué leurs conseils et donné de leur temps, qui ont traduit pour moi et m'ont donné leur avis sur cette histoire : Lisa Cartwright, Deborah de Furia, Cara Falcetti, David Levithan, Peter Mendelsund, Billy Merrell, Linda Sue Park, Susan Raboy, Pam Muñoz Ryan, Noel Silverman, Alexander Stadler, Danielle Tcholakian, Sarah Weeks et Jonah Zuckerman.

Enfin, merci pour tout à David Serlin.

Générique de fin

Pages 288-289, dessin basé sur *À la conquête du pôle*, 1912

Pages 290-291, esquisse pour *Le royaume des fées*, 1903

Pages 292-293, dessin d'oiseau crachant le feu

Pages 294-295, dessin basé sur *La chrysalide et le papillon d'or*, 1901

Pages 296-297, dessin de grotte avec chauves-souris

Collection de l'Institut britannique du cinéma (British Film Institute) :

Pages 352-353, cliché tiré du *Voyage dans la Lune*, 1902

Pages 356-359, clichés tirés d'*Escamotage d'une dame au théâtre Robert Houdin*, 1896

Pages 498-499, cliché tiré de *Vingt mille lieues sous les mers*, 1906

Pages 500-501, cliché tiré du *Rêve de Noël*, 1900

Pages 502-503, cliché tiré de *L'éclipse du soleil en pleine lune*, 1907

Pages 504-505, cliché tiré des *Quatre cents farces du diable*, 1906

Les dessins des pages 252-253 et 388-389, inspirés des œuvres de Georges Méliès, sont la propriété de Brian Selznick, © 2007.